BELLES-AMOURS JUNCTION

De la même auteure

L'ordre des forêts, roman, Édition Trois-Pistoles, 2009.

Isabelle Vinet

Belles-Amours Junction

Roman

ÉDITIONS TROIS-PISTOLES

Éditions Trois-Pistoles
31, route Nationale Est
Paroisse Notre-Dame-des-Neiges
G0L 4K0
Téléphone: 418 851-8888
Télécopieur: 418 851-8888
C. élect. : vlb2000@bellnet.ca

Saisie : Isabelle Vinet
Couverture : Olivier Lasser
Infographie : Roger Des Roches
Révision : Victor-Lévy Beaulieu, André Morin

Les Éditions Trois-Pistoles bénéficient des programmes d'aide à la publication du Conseil des Arts du Canada, du ministère du Patrimoine (PADIÉ), de la Société de développement des entreprises culturelles du Québec (SODEC) et du programme de crédit d'impôt pour l'édition de livres du gouvernement du Québec (gestion Sodec).

En Europe (comptoir de ventes)
Librairie du Québec
30, rue Gay-Lussac
75005 Paris, France
Téléphone : 43 54 49 02
Télécopieur : 43 54 39 15

ISBN : 978-2-89583-242-3
Dépôt légal:
Bibliothèque et Archives nationales du Québec, 2011
Bibliothèque et Archives Canada, 2011

À Alain,
pour le bonheur de la folie partagée,
pour l'amour
et la complicité à chaque jour.

Je ne vous suis plus

je ne vous suis plus dévouée
je ne vous suis plus fidèle
j'erre enfin à ma guise
hors des sentiers bénis

j'aime j'aime j'aime aussi
comme je n'ai jamais aimé
la ligne courbe du destin
le silence des puits

j'erre aux confins de ma vie

ROLAND GIGUÈRE,
chanté par Chloé Sainte-Marie

CABOOSE

AVRIL

Ce soir-là, j'étais seule à la maison lorsque le cahier a débarqué dans ma vie. Avec un claquement de langue désapprobateur, la fente réservée au courrier a éructé le paquet enveloppé de papier brun sur le plancher de la cuisine. « C'est sûrement pour moi ! » aurait crié Hélène si elle avait été là, étouffant du coup, chez moi, toute velléité de m'emparer du paquet avant elle. Mais voilà, j'étais seule. Délicieusement seule. Le temps que je me penche pour le ramasser, que j'en examine l'emballage fripé et muet quant à son expéditeur, il était déjà trop tard. Quand j'ai pensé à écarter le rideau masquant la fenêtre de la porte, une silhouette floue, délayée par la nuit, s'éloignait d'un pas rapide. Que contenait le paquet ? Un pauvre cahier noir au papier jauni et à l'encre délavée. Pas de quoi m'exciter, même si j'ai su, dès l'instant où je l'ai tenu dans mes mains, que ce cahier d'écolier allait engraisser la folie qui végétait en moi. Dans la démarche qui visait à me distinguer du monde, j'avais renoncé aux borborygmes aseptisés des textos. Je ne pouvais qu'interpréter comme un signe du ciel ou de l'enfer le fait qu'un document écrit, éjecté du passé, atterrisse dans ma cuisine.

À l'inverse de ces gens qui prennent l'avion aussi facilement qu'ils vont pique-niquer à la campagne, moi, à cause de ce cahier, c'est juste à côté, à la cour de triage, que je vais m'aérer. C'est un des endroits où le peu de bon sens qu'il me reste s'égare et va s'enchevêtrer à travers les trains alignés en longs chapelets maussades.

Encore maintenant, je suis planquée là, incognito dans la voiture de ma mère, mon humeur en harmonie avec les nuages qui s'entassent dans le ciel et qui assombrissent les lieux dans un long fondu. Se faufilant avec le gris du ciel, le vent s'écharpe sur les wagons et les bâtiments, comme si le jour fatigué reniait sa beauté passée pour faire place à la nuit. Froide et décolorée comme une haleine de mourant, une petite bruine s'amène pour me débusquer.

Parce qu'elle est en train de mourir, ma mère est de connivence avec toutes les morts, y compris celle du jour.

Je vais être en retard pour le souper et, fidèle à une longue habitude, Hélène m'offrira un visage de martyre : lèvres plissées, mâchoires serrées, regard vissé au plancher. « Un repas ensemble, Constance ! Une fois par semaine ! Tu peux faire ça pour nous, ta seule famille ? » plaide-t-elle chaque fois que j'allègue mon horaire de travail, une sortie, un mal de tête ou la nausée, pour échapper à ce cérémonial creux. Cette fois, je pourrai prétexter les bouchons sur le pont ou le désir de ma mère de me garder plus longtemps avec elle même si cette mère, qui n'a jamais été très causante, ne me parle plus aujourd'hui. Mais ça, Hélène ne le sait pas.

À la pensée que je devrais être à l'hôpital, auprès de ma mère, plutôt qu'à quelques minutes de chez moi dans un lieu où je n'ai pas ma place, un regret coupable papillonne au creux de mon estomac.

Une fois de plus, je me suis enfuie sur un chemin détourné dans l'espoir d'échapper au grand Boulevard de la Réalité.

Je devrais assumer mes actes et mes lubies. Je devrais cesser de vivre au milieu des alibis. Mais à vingt ans, je ne ressemble guère à ce qu'on considère aujourd'hui comme une jeune adulte. Je suis trop occupée à protéger mes perles, vous savez, celles que la bible conseille de ne pas jeter aux cochons. Je ne connais rien à la bible, mais cette expression, Hélène l'a fait sienne durant toute sa vie bien que je n'aie jamais trouvé de quelles perles il s'agissait dans son cas. D'ailleurs, moi, je fais davantage confiance aux gens, qu'aux cochons, pour pulvériser mes perles, et je trouve cette expression insultante pour les cochons. Il faudrait me décortiquer comme une poupée russe pour atteindre le moelleux de ma chair que je m'efforce de soustraire à la sécheresse de ce siècle.

Au cours des dernières années, j'ai bien tenté de trouver ma place dans le monde et pour y parvenir, j'ai gaspillé mon temps à singer les autres. Il faut dire qu'avec un visage marqué par la différence, j'ai pensé qu'il serait de très mauvais goût de frayer avec l'excentricité. Aussi, je me suis efforcée de faire comme tout le monde en espérant qu'on finirait par oublier cette joue impudente. J'ai étudié, connu plein de gens, beaucoup bu, fumé de tout, et en l'absence creuse d'hommes en ma demeure et en dépit de ma disgrâce, sinon à cause d'elle, ma chair s'est trop souvent écartelée pour accueillir celle des garçons. Mais ma différence ne s'est jamais fait oublier. Et même cachée derrière mon personnage, je n'ai pas réussi à mourir.

Aujourd'hui, si ma vie peut sembler d'un ennui mortel aux yeux des autres, c'est que, par moments, j'existe seulement à l'intérieur de ma tête. Je crains parfois que mon corps trop frêle ne puisse soutenir l'assaut de mes pensées.

De la différence, je suis passée à la *divergence*.

J'ai tout de même terminé des études collégiales et décroché un emploi à la bibliothèque du village. « Peuh ! Travailler dans une bibliothèque, c'est pas une carrière, ça ! » a décrété Hélène. Un village dont les banlieues-dortoirs ont rattrapé les banlieues-dortoirs d'autres villages pour former cette agglomération grumelée, éparpillée le long du grand fleuve avec quelques réfractaires à l'eau comme mon patelin relégué à quelques kilomètres à l'intérieur des terres. J'habite l'ancien bourg ouvrier, empêtré dans ses maisonnettes de bois, ses rues étroites, ses voies ferrées, avec sa gare, son bar, son centre culturel et son poste de pompier désaffecté, flanqué de sa tour phallique. À s'y balader, on se croirait dans un village de trains miniatures. La scie ronde, le marteau à air comprimé, la ponceuse orchestrent la musique de fond de nos week-ends, car la plupart des gens d'ici n'ont d'autres ressources qu'eux-mêmes pour revamper leurs maisons.

Grâce à mon immense talent pour travestir la réalité, je vis avec peu de repères. À chaque jour de ma vie, une flaque d'eau ridée se gonfle en océan, un arbre bruissant renferme la forêt de mon enfance et dans ses longs élancements échevelés, le vent charrie toute la colère du monde.

En ce moment, je me rêve métal glacé, fourgon grêlé de crasse, étincelant de poussière givrée, morose de froid, les flancs lourds de tout le fourniment humain. Depuis une heure, j'écoute les molosses d'acier s'ébrouer, grincer, s'entrechoquer, tandis qu'un peu partout, semblables à des valets soumis, des hommes vêtus de sombre, embrasés par un dossard orange, s'affairent autour de ces monstres, les séparant pour ensuite les aligner autrement, nouveaux frères dans l'attente d'une destination inconnue.

Un coup de klaxon trouble les songeries échafaudées dans un lieu qui ne devrait pas inciter une jeune fille à rêvasser.

À quoi devrais-je rêver au juste? À ces téléréalités que gobent, la bouche ouverte, la salive sur le menton, Hélène et sa fille Sophie?

C'est dans ces rêves en papier brillant que les femmes gaspillent leur provision d'espoir.

Un véhicule quitte la cour de triage et s'arrête à ma hauteur. Déjà son chauffeur abaisse la vitre. Je l'imite. Il ne verra que ma joue gauche, pas la droite qui me désigne comme une *divergente.*

– Attendez-vous quelqu'un? C'est un terrain privé, ici, une zone industrielle.

Comme si je ne le savais pas avec ces immenses pancartes qui le proclament à tous venants.

– J'aime vous voir travailler.

Je m'attends à ce qu'il me sourit. Avec la même indulgence, la même compréhension secrète dont mes oncles usaient avec moi quand j'étais cette petite fille qui secouait avec beaucoup de sérieux la vadrouille qui lui tenait lieu de chevelure, tout en s'efforçant d'expliquer ses actions insolites. « Oui, mais t'as plus six ans ! » ricane une voix chicanière dans ma tête, une voix qui ressemble étrangement à celle d'Hélène quand elle me menace de cette terrible chose qui va un jour fondre sur moi : la Vie Adulte.

Je ne distingue pas grand-chose de l'homme dans la pénombre de ce jour morne en train de glisser vers la nuit : des yeux sombres, un visage osseux, des cheveux longs, raides, très noirs, avec une bouche comme un fruit juteux. Je le sens hermétique, mystérieux, obscur.

L'Enténébré.

À l'intérieur de cette parenthèse de brunante, nous nous faisons face sans saisir l'enjeu de ce tête-à-tête. Il persiste à me regarder sans rien dire, scrutant mon visage comme s'il espérait y trouver quelque réponse à ses interrogations.

c'est bien elle; je la reconnais, c'est bien la fille de Marianne ;

qu'est-ce que sa fille vient faire ici ?

déjà que j'arrête pas de me poser des questions sur cette fille depuis que je sais qu'elle existe ;

je suis pas sûr que j'ai envie que cette fille existe ;

Pour finir, je n'ai d'autre choix que de bredouiller quelques excuses à sa vitre qui remonte soudain.

Je fais demi-tour en quittant les lieux dans le couloir de ses feux arrière.

Les quelques lampadaires épars font luire la chaussée mouillée, enfumant le crachin glacé qui enveloppe les maisons de bois et les rues désertées. Devant moi, les signaux de la traverse ferroviaire toute proche se mettent à clignoter, accompagnés du tintement frénétique de la cloche. Les barrières, tremblantes de froid dans le vent, s'abaissent à la dernière minute, précédant de peu le hurlement d'une locomotive qui crève la nuit avec plusieurs wagons de passagers à sa suite. Le troisième train en provenance de Montréal bloque ma course vers le souper. S'additionnant aux nombreux trains de marchandises, une douzaine de convois de passagers sillonnent notre quotidien, en labourent la tranquillité et constituent un rituel nécessaire à notre sérénité, du moins à la mienne.

Sitôt le train passé, la barrière se relève avec promptitude, consciente de l'irritation qu'elle a provoquée chez les gens affairés.

Un instant, je me suis imaginé bagages, jacassant de plaisir, d'espoir ou d'angoisse.

Où est-il si urgent d'aller ?

J'ai oublié d'acheter le soda tonique indispensable au gin de ma grand-tante Hortense. J'enfonce la pédale de gaz et m'engouffre dans le dédale des petites rues dont le lacis s'enchevêtre jusqu'à l'horizon.

•

– Constance ! Qu'est-ce que tu fais là ?

Mon amie Audrey-Rose. Elle vient d'entrer au dépanneur. Dans la rue tout à côté d'où j'habite.

Sa question idiote reflète bien le malaise qui effrite notre amitié depuis quelques mois. Une amitié rodée par les textos. Que j'ai abandonnés. Je l'ai déjà dit.

Audrey-Rose n'est pas sans savoir que la majeure partie de ma vie se déroule dans ce quartier. J'y travaille, j'y rêve, j'y erre, bref, j'y gaspille mon temps. Pire, j'y laisse ma trace, une substance visqueuse exsudée par mes idées grises, semblable à celle sécrétée par les limaces. Tout à l'opposé de la vie agitée qui étourdit Audrey-Rose. Elle est devenue une toupie, mon amie Audrey-Rose. Elle tourne à une vitesse folle, peut-être par crainte de tomber si elle s'arrête ou ralentit un tant soit peu. Tout en poursuivant des études en comptabilité à l'université, Audrey-Rose mène trois fois semaine un combat sans merci contre ses tissus adipeux, effectue plusieurs voyages par année vers les destinations courues – «j'y suis allée l'année dernière!» – se précipite à tous les spectacles et festivals de la ville-attraction de l'autre côté de l'eau – «j'y étais!» – et rêve de cet ailleurs-demain qui lui fera rencontrer des gens «vraiment intéressants». Elle vient ici pour y dormir, tard le soir, et c'est même surprenant qu'elle habite encore ce vieux village à l'humeur si peu «tendance».

– Quoi de neuf? On se voit si peu! Je manque tellement de temps!

Du coup, je me sens minable.

Avec tout ce temps que j'ai, moi.

Et tout ce neuf que je n'ai pas.

Une étincelle de compassion traverse le bleu survolté de ses yeux.

– Comment va ta mère?

Je n'ai pas encore répondu à ses deux premières questions que la troisième, la plus redoutable, a déjà fusé.

– Pas très bien. Elle survivra peut-être jusqu'à l'automne.

Ma voix n'a pas tremblé, mais les larmes montent, avec cette douleur aiguë en haut des pommettes. J'ai vu la mort dans les yeux d'Audrey-Rose.

– Pauvre Constance… Ma pauvre Constance… Pauvre toi…

À ne fréquenter que des chiffres, on en perd à la longue le vocabulaire du cœur.

Néanmoins, je renoue un petit peu avec la Audrey-Rose de mon adolescence, alors qu'à court de mots pour exprimer sa sympathie, elle me prend dans ses bras, moi, ce paquet d'os nippé dans un jean et un blouson de suède râpé, et me presse contre la noblesse de ses vêtements haut de gamme.

•

Je fais un arrêt au Café des Chutes. Pour me réconforter. Le temps d'un « intermède sundae au caramel ». Une mauvaise habitude née de la préoccupation exagérée de ma mère pour ma maigreur. En fait, ma mère a exprimé la presque totalité de son devoir parental dans cette obsession de m'engraisser. Elle n'a jamais soupçonné que j'étais maigre de la parcimonie de son amour. À partir de l'adolescence, pendant que certaines copines songeaient déjà à entreprendre un régime, ma propre mère me gavait de toniques et de desserts.

Depuis son hospitalisation, c'est la patronne du Café des Chutes, Marielle, qui a repris à son compte la mission de créer des rondeurs sur mon corps semblable à un débris fragile.

– Double portion de crème glacée et de sirop au caramel !

Avec fierté, elle dépose la coupe devant moi. Sa contribution personnelle au salut du tiers-monde. Dans ses replis de chair chaude, où j'ai envie de blottir mes os gelés, dans sa jovialité et dans sa neutralité bienveillante, Marielle symbolise la Mère. Ce qu'elle n'a pu être. Mais sa personnalité nourricière a trouvé à s'exprimer dans ce restaurant.

Ce *comfort food* me coupera l'appétit pour le souper de famille d'Hélène. Je pourrai chipoter dans mon assiette avec des airs de grande dame indifférente aux plaisirs de la table.

•

Ce que j'appelle notre maison n'appartient ni à ma mère ni à moi, mais à la tante de ma mère, ma grand-tante Hortense. Vieille d'une centaine d'années – la maison, pas la grand-tante, bien qu'elle flirte avec ses 85 ans – elle trône au coin d'une ruelle dans un vieux quartier aux rues étroites conçues pour les carrioles. Avec ses deux étages en clins de bois roses, sa fenêtre en saillie coiffée d'un petit balcon auquel on accède par une porte sous le pignon, elle fait penser à une vieille dame pleine de dignité, à la fois femme de caractère et grande coquette. Moulures, consoles, frisottis de bois reflètent à la perfection la féminitude qui l'habite.

Dans cette maison, il y avait l'amour ambivalent de ma mère. Il ne reste plus que la tendresse imprégnée de folie et d'alcool de ma grand-tante, le mépris d'Hélène et l'indifférence de ma petite-cousine Sophie. Pour Sophie, tout n'est pas joué. Si un jour, Sophie et moi, réussissions à rompre notre allégeance sans faille à nos mères respectives, peut-être pourrions-nous partager notre impuissance même si nous n'en partageons pas les motifs, ni le mode d'expression.

Je m'attarde dans la voiture alignée sur les ornières de pierres vaincues par les herbes folles. À chaque souffle de vent, les silhouettes des branches scarifient les murs des maisons voisines et je me fais accroire que ce sont les lampadaires de la rue qui ont poussé au travers des arbres et non l'inverse.

Si seulement ma mère et ma grand-tante Hortense m'attendaient dans la cuisine saturée des parfums du repas à venir. Ma mère serait penchée sur une casserole, les lunettes embuées, et ma grand-tante ricanerait dans sa chaise berçante qui craque comme un vieux navire : « Oublie pas de mettre du beurre, Marianne ! Tant qu'y a du gras, y a de l'espoir ! » Puis, à la suite de cet effort pour s'immiscer dans une réalité qu'elle refuse depuis longtemps, ma grand-tante rentrerait le menton et, dans le but d'apaiser son angoisse, se bercerait avec de longs chuchotements : « Ça prend du beurre ! Mon père, lui, mettait beaucoup de beurre ! C'est bon, le beurre ! Papa disait que le gras, c'est bon pour la santé ! Papa le savait ! C'est vrai que le gras, c'est bon ! Du bon gras, pis de l'espoir ! Moi, j'aime le gras ! » Ensuite, ma grand-tante apostropherait de nouveau Marianne : « T'as mis du beurre, j'espère, Marianne ? »

Lorsque les chuchotements triomphent sur le dialogue, nous savons que ma grand-tante est anxieuse.

Parfois, ses chuchotements se révèlent inintelligibles.

Il fallait m'y attendre, c'est le visage émacié d'Hélène qui s'encadre dans la fenêtre de la cuisine, tel le spectre d'un cauchemar récurrent, et force est de constater qu'il n'y a pas d'autre choix, pour le moment, que d'emprunter le grand Boulevard de la Réalité.

Je sors de la voiture et pendant que je verrouille la portière, le parfum de la terre réchauffée me ramène à cette enfance étrange que je porte en moi.

Depuis le départ de ma mère pour l'hôpital, mon enfance ne cesse d'éclater dans ma tête en petits soupirs d'où s'échappent des visages, des odeurs et des gestes d'hommes tendres.

Avec l'odeur de l'humus, remonte le souvenir de mes oncles.

Je les suivais toujours dans les bois.

D'abord avec ma mère, puis sans elle.

•

J'essaye de suivre mon oncle Vent qui s'éloigne vers le bois à grandes enjambées. Les gens le taquinent souvent sur sa silhouette courte, mais pour moi, il est immense et costaud et en ce moment, il marche trop vite. J'entends ma mère appeler de la galerie ou par la fenêtre, avec cette voix un peu inquiète, haut perchée, avec un frisson dedans, qui voyage plus loin que d'habitude dans l'odeur des champs détrempés. Cette voix qu'elle prend à chaque fois que je décide de suivre mes oncles sans elle. Surtout l'un d'eux, mon oncle Vent. Mon oncle Vent se retourne, m'aperçoit et éclate de rire en revenant vers moi. Il me soulève dans ses bras gros comme des troncs d'arbres et m'installe là où je souhaite être : sur ses épaules.

« J'amène Constance avec moi dans l'bois ! » crie mon oncle Vent à ma mère qui proteste. Bien inutilement, d'ailleurs. L'expérience a démontré que rien ni personne ne résiste à mon oncle Vent lorsqu'il a un projet en tête. « On va faire du ménage dans la forêt, ma puce ? » me demande-t-il.

Ce qui veut dire que je pourrai faire un gros tas avec les plus petites des branches mortes.

Mon oncle Vent doit ébrancher les arbres couchés à terre par le mauvais temps et si je déteste voir les arbres tomber, une fois qu'ils sont à terre, je trouve excitant de les découper et de les faire brûler. Je préfère faire du ménage dans la forêt plutôt que dans ma chambre parce que mon oncle Vent m'apprend à écouter les chants des oiseaux, à reconnaître les champignons « sans jamais, jamais y goûter », à marcher avec des raquettes et à repérer les traces des lièvres, des chevreuils et des orignaux. Surtout, les enseignements de mon oncle Vent fournissent un prétexte imbattable pour traîner avec lui une partie de la journée. Ma mère lève les yeux au ciel à l'énoncé du contenu de ces leçons pratiques, persuadée que sa petite fille ne retient rien de tout cela. Mais là-dessus, elle se trompe. J'emmagasine tout ce que mon oncle Vent me raconte comme si je savais déjà que, dans un avenir proche, je devrai le quitter, lui et mon oncle Tieu qui me montre à chanter et à aimer les livres. Ma gardienne prétend que mon oncle Tieu est plus savant que mon oncle Vent, mais je ne suis pas d'accord. Chacun d'eux possède un trésor de choses fascinantes à m'apprendre.

•

Troublée par quelque chose qui remonte des tréfonds de mon esprit un peu plus chaque jour, je me hâte vers la maison. Ma grand-tante doit s'impatienter et j'aspire à voir ses yeux ronds de plaisir souligner mon arrivée dans sa chambre, un gin tonic à la main. Si dans la famille, on désavoue le penchant d'Hortense pour l'apéritif, ce n'est pas une vieille dame un peu toquée, un peu grise, avec son cocktail ringard, qui m'impressionne. Lorsque je suis à la maison, je me fais un plaisir de préparer son verre. Un plaisir d'autant plus pervers que la désapprobation d'Hélène tambourine contre mon dos, semblable à un courant d'air glacé.

Une fois ma tâche de barmaid terminée et avant de me cloîtrer dans ma chambre, je devrai, aujourd'hui, me plier au souper familial. Le plus beau fleuron des traditions instaurées par Hélène. Il faut entendre comment elle articule le mot « familial », comme si celui-ci recelait des délices insoupçonnées. Dans sa bouche, ce mot s'étire comme s'étirent ses longs doigts blancs lorsqu'ils palpent la nappe de dentelle dont elle habille la table pour l'occasion. Même en tenant compte des explications de ma mère sur les déceptions de sa cousine – « Hélène est deux fois divorcée, sois indulgente ! » – je ne comprends toujours pas qu'on puisse à ce point caricaturer les liens du sang. Ma vraie famille, celle de mon enfance sauvage, n'a été constituée par aucun lien du sang sauf celui qui me relie à ma mère.

Avec un soupir, j'ouvre la porte et la galerie s'illumine.

•

– C'est moi !

– T'es en retard, t'as remarqué ?

J'entre avec une bouffée d'air froid et d'hypocrisie, submergée à chaque fois par le sentiment d'être un parasite dans la maison que la cousine de ma mère considère de plus en plus comme la sienne. Les tentatives d'Hélène pour me maintenir enfoncée dans les affres de la culpabilité et dans la honte de mes insuffisances chroniques ont davantage prise sur moi depuis l'hospitalisation de ma mère.

– Désolée, Hélène !

Je dégouline de vertu :

– Il y avait un embouteillage sur le pont !

Je vais à l'évier, égayé par une céramique bleue et blanche, et tout en me lavant les mains, je contemple mon reflet trouble dans la fenêtre dont les rideaux en vichy rouge ne sont pas encore refermés sur la nuit. Dans l'eau profonde de la vitre, un tracé indistinct ombre ma joue droite. J'adore cette cuisine avec ses murs et son haut plafond de lattes blanches, ses boiseries vernies et son plancher carrelé en damier gris et noir. On y entend le tic-tac immuable de l'horloge et il y a un ancien garde-manger, une pièce minuscule garnie de tablettes dans laquelle on peut entrer. « Fermez donc la porte de la laiterie, ça refroidit la cuisine ! » crie plusieurs fois par jour la voix revêche d'Hélène. Je voudrais pour moi seule ce décor tapissé par le temps, même si après ces vœux pieux de solitude et d'indépendance, je renifle les bonnes odeurs de nourriture – je n'aurais pas dû succomber à mon *comfort food* – et je m'en veux d'espérer profiter encore d'une prise en charge qui, à la fois, me pèse et me rassure.

Ce soir, si les paroles d'Hélène contiennent le reproche habituel, son ton n'est pas acerbe, plutôt enjoué même, et je comprends ce qui l'a mise dans de si bonnes dispositions en voyant entrer Sophie dans la cuisine. La blonde Sophie, avec l'allure léchée d'une photo de magazine, maquillée de frais, un verre à la main, accompagnée d'un nouvel amoureux. « N'a-t-elle pas la distinction des Thompson ! » s'extasie trop souvent sa mère à mon grand déplaisir. Hélène a refilé sa boutique de vêtements mode à sa fille préférée, et si Sophie en a refusé la propriété avec un rare entêtement, elle a fini par en accepter la gérance pour faire plaisir à sa mère qui, au moment de sa retraite, avait conclu une entente en ce sens avec le nouvel acheteur.

Pauvre Sophie-les-malheurs reliée par une flopée de ficelles à maman, la grande marionnettiste.

Sophie se tourne vers le jeune homme et me le présente – Simon, qu'il se nomme, un futur médecin à ce qu'il paraît – avec la fierté qu'elle affiche toujours lorsqu'elle introduit un nouveau, fût-il le énième d'une longue lignée de prétendants séduits par ses prouesses sexuelles qui permettent d'éclipser, durant un court laps de temps, son égocentrisme enfantin.

Mais qui suis-je pour reprocher aux autres leur infantilisme ?

– C'est un joli nom, Constance.

Simon se comporte comme si on ne s'était jamais croisés. Il affiche déjà la condescendance patricienne des petits docteurs. Pas de tendres retrouvailles pour nous ce soir, même si le nouvel amoureux de Sophie est un ancien à moi, un copain d'école, un parmi d'autres, avec lesquels j'ai couché pour me prouver que j'étais baisable. C'est bien connu, les hommes ne font pas l'amour à un visage. Quoiqu'à bien y penser, les ourlets sanglants sur ma figure ne sont pas sans évoquer les replis luisants d'un sexe de femme.

Simon me tend la main, zieutant ma joue comme s'il en avait oublié la façade torturée.

C'est Hélène qui se moque :

– Sa mère l'a appelée comme ça pour compenser le manque de constance de sa propre vie !

Hélène sait que je ne supporte pas de m'appeler Constance. Comment ça se fait que je m'appelle Constance quand tout dans ma tête n'est que fracas, déchirure et noirceur plus noire que l'eau qui déborde du puits dans mes rêves ?

Elle sort du four une énorme marmite qui contient un succulent pot-au-feu et quelques mèches d'un beau blond cendré s'échappent de son élégant chignon. Après avoir déposé le plat sur le comptoir, elle replace deux ou trois épingles avec une grâce toute aristocratique, puis guette ma réaction avec ce sourire que je ne connais que trop. « Comment tu réagis à celle-là, hein ? » me nargue son sourire.

Je souffle à son oreille :

– Il va la baiser comme une bête pendant trois semaines, puis se tanner de Sophie-les-malheurs.

– Tais-toi ! crache Hélène à l'abri du robinet qui coule. T'es juste une jalouse !

J'ai un dérivatif pour faire face au choc que me cause toujours la confrontation avec cette femme. Si je ne trinque pas souvent avec ma grand-tante, le *Happy Hour* avec elle a le même effet sur moi que le gin sur elle : fuir le Boulevard de la Réalité.

– Je vais préparer le verre de Tante Hortense.

– Mets-lui moins de gin que la mesure normale, ergote Hélène, et dépêche-toi, Merveille a faim.

Déjà installée à la table de la salle à manger, assise sur deux encyclopédies, Merveille grignote un craquelin et aboie à toutes les cinq secondes. « Elle aime tellement les chiens », minaude Martine, la fille aînée d'Hélène et la mère de Merveille, les deux autres blondes de la famille. Sophie et Martine étant issues de pères différents, Hélène a sûrement choisi ses maris avec l'idée de fournir son apport personnel à la continuité de la race aryenne.

La mise en scène de la salle à manger est destinée à faire accélérer le service. Je soupçonne Martine d'avoir mis au monde Merveille dans le seul but d'exercer son pouvoir sur la famille et sur son ex.

« Merveille a faim, dépêchez-vous ! »

« Désolée, je ne peux pas faire la vaisselle, Merveille a sommeil, je dois m'en aller ! »

« Vous avez déjà préparé le souper ? Merveille faisait sa sieste, je ne pouvais pas la réveiller pour venir vous aider ! »

« Le père de Merveille devrait me donner plus d'argent, c'est pour sa fille ! Pour son avenir ! »

« Ce soir, Merveille ne veut personne d'autre que sa tatie Constance pour lui donner son bain ! »

Et, sous-entendue, la menace suprême : « Si vous ne faites pas comme je veux, vous ne reverrez plus ma fille ! »

Ce qui personnellement me ravirait, mais fait flipper Hélène.

Martine a pondu pour elle-même un otage, une monnaie d'échange, une matière à chantage.

– Tante Hortense ! s'énerve Sophie. Pourquoi tu l'appelles pas Hortense comme nous autres ?

– Parce que j'aurai bientôt plus de mère et que ça me fait du bien d'appeler quelqu'un Tante !

Tant pis si je suis en contradiction avec la partie de moi qui rêve de ne plus avoir besoin de la Famille ! Plus de mère ? J'ai l'impression de me liquéfier sur place, une sensation tellement forte que je suis surprise de ne pas trouver à mes pieds mes fluides corporels réduits à une petite flaque bouillonnante et nauséabonde sur le carrelage de la cuisine.

Le téléphone cellulaire de Sophie sonne fort à propos et elle quitte précipitamment la pièce.

Hélène me fait l'offrande de son charmant rictus :

– Tu n'as qu'à m'appeler Tante Hélène comme quand t'étais petite !

Il y a quelques mois, Hélène a officiellement accepté que je l'appelle « Hélène », ce à quoi je m'appliquais depuis l'âge de quatorze ans, à l'encontre de sa volonté, juste pour le plaisir de l'entendre grincer des dents. Le renoncement définitif d'Hélène à l'autorité illusoire exercée sur ma personne découle de ses cinquante-six ans bien sonnés qui lui ont flanqué un sérieux coup de vieux. Comme si soudain le mot « tante » inspirait moins des attitudes de respect et de reconnaissance obligée que l'image d'une femme vieillissante, seule et plutôt acariâtre.

L'appeler « Tante Hélène » ?

La dame tient davantage d'une vieille harpie que d'une gentille tatie.

•

Un couloir mène à la salle de bains et à l'unique chambre du rez-de-chaussée, et après avoir cogné à la porte, j'entre sans attendre la réponse. Le téléviseur bourdonne dans la pièce, dardant des éclairs glacés sur les murs.

Tante Hortense est assise dans son fauteuil, ses yeux perçants déjà fixés sur le verre dans ma main.

– T'es en retard !

Je déteste quand elle se fait l'écho d'Hélène.

– Fâche-toi pas, Tante Hortense !

– (Chuchoté) Pourquoi la petite Constance est en retard ? Je l'aime, moi, la petite Constance ! Qui va m'apporter mon gin ? Où elle est, la petite Constance ? Je veux Constance ! Je veux mon gin ! Hélène ne veut pas m'apporter mon gin ! Hélène n'est pas une bonne fille !

Enfin, malgré leur tremblement, les deux mains de la vieille dame me délestent adroitement du verre. Elle prend une grosse gorgée, l'avale, puis fait claquer sa langue.

– Hum ! C'est bon ! C'est qui, le jouvenceau que j'entends placoter dans la cuisine ?

– Le dernier en titre de Sophie.

– (Chuchoté) Sophie a un nouvel amoureux ! C'est pas bien, d'avoir des amoureux ! Faut pas que Constance ait un amoureux ! Faut que Constance reste ici ! Je veux pas que Constance s'en aille ! J'entends parler dans la cuisine ! (À voix haute) C'est pas ton nouvel amoureux, hein, Constance ?

– Non, Tante Hortense, c'est celui de Sophie.

Sur le mur à côté d'elle, un calendrier de l'Avent ouvre une petite fenêtre de carton sur un cadeau enveloppé de papier rouge et garni de rubans dorés. Chiffre 7. On est donc le 7 décembre aujourd'hui pour Hortense. Dans une semaine, elle réclamera le sapin miniature, entreposé tout près dans la laiterie, qui décore sa chambre dix jours par mois à compter du quinze de chaque mois. Comme le calendrier ne compte que vingt-quatre jours, chaque mois est écourté d'une semaine et ma tâche consiste à refermer les petites cases dont plusieurs sont scotchées à cause de l'usage abusif qu'en fait ma grand-tante. Ensuite, au premier du mois suivant, j'autorise Hortense à les rouvrir.

Cette folie gentille est apparue il y a un an. C'est moi qui lui ai offert ce calendrier de l'Avent. Elle l'a suspendu au mur et, avec lui, sa notion du temps. La Famille enrage – Noël à chaque mois –, et j'ai hérité du fardeau de suivre Hortense et son calendrier, et surtout de ne pas oublier de lui offrir un gâteau aux fruits et un petit présent à chaque mois.

Hortense nous avait accueillies, ma mère et moi, lorsque nous avions quitté la forêt et mes oncles afin que je reçoive, soi-disant, une meilleure éducation en ville. Je n'étais âgée que de sept ans quand je suis venue vivre à la maison rose. Ma grand-tante était veuve, argentée, ayant hérité de la maison paternelle au détriment de sa sœur aînée, Madeleine, la grand-mère que je n'ai pas connue. Peut-être avait-elle voulu dans un bref moment de lucidité réparer l'injustice commise par son père, Charles Thompson, lequel, selon la légende familiale, avait toujours préféré sa cadette à son aînée. Elle avait surtout besoin de gens proches pour remplacer sa sœur, ma grand-mère, et son mari, tous deux décédés depuis longtemps. La vieille bonne dévouée à la famille durant près d'un demi-siècle avait dû se résigner à une retraite bien méritée. Ma mère et moi avions débarqué à point nommé dans la vie d'Hortense et elle avait fait de nous un rempart contre la réalité qui l'effrayait de plus en plus et qu'elle niait avec ses chuchotements.

Hortense avait une petite araignée au plafond depuis presque cinquante ans.

Ce qui ne devait être qu'une transition s'était transformée en une belle complicité à trois, car ma mère et moi affrontions sans frayeur les brusques plongées d'Hortense en elle-même.

Jusqu'à ce que le ciel nous tombe sur la tête.

Ou plutôt, le purgatoire.

Après son deuxième divorce, Hélène, la cousine de ma mère et la fille de tante Hortense, a eu besoin, elle aussi, d'un lieu pour réorienter sa vie. S'inspirant de ma mère, Hélène s'était incrustée avec la plus jeune de ses filles, Sophie. De trois ans mon aînée. Il aurait été déplacé de le lui reprocher. Hélène était la fille d'Hortense bien qu'elle n'ait aucune affinité avec sa mère. Ensuite, ça a été au tour de la fille aînée d'Hélène, Martine, de débarquer dans nos vies. Pleine aux as malgré son récent divorce, nantie de Merveille, sa gamine de quatre ans, Martine ne loge pas encore sous notre toit, mais elle ne s'éloigne jamais très longtemps, ni trop loin, possédant l'art de se pointer quand on ne l'attend pas et celui de se défiler lorsqu'on a besoin d'elle.

Au fil du temps, la complicité à trois s'était métamorphosée en une belle chamaille à cinq. À six lorsque Martine y instillait son instabilité personnelle. Hortense se réfugiait dans sa chambre avec un verre tandis que ses incantations, plus sonores qu'à l'ordinaire, traversaient sa porte et composaient le bruit de fond de nos disputes. L'ambiance était devenue suffocante et malgré qu'Hortense la suppliât de rester, ma mère s'était mise à la recherche d'un autre foyer avant de tomber malade quelques mois plus tard. Elle avait dû fermer son bureau de consultation qui, déjà, ne rapportait pas des millions et s'abriter, les trois dernières années durant, sous le toit de Tante Hortense.

Il y a maintenant deux mois qu'elle est hospitalisée.

Et je suis restée seule à croupir dans ce purgatoire de femmes.

Je ne veux pas lâcher Tante Hortense – qui lui préparerait son gin ? – ni la vieille maison, et surtout, je me sens toujours inapte à prendre soin de moi-même. Nous vivons donc toutes les quatre ensemble, Hortense, Hélène, Sophie et moi, notre monde intérieur étanche à celui des autres, notre ordinaire pimenté par les incursions caractérielles de Martine dans notre fragile échafaudage familial.

Je m'assois dans la bergère, celle que Tante Hortense a longtemps occupée avant d'avoir besoin d'un fauteuil orthopédique. Qu'il est ingrat de vieillir. Même la beauté des meubles où l'on dépose ses vieux os nous est refusée. Comme si le corps destitué ne méritait plus que des mécaniques incolores et impersonnelles pour le soutenir et le mener jusqu'à l'ultime frontière. Et pas besoin d'être aussi vieux que Tante Hortense. Je n'ai qu'à penser à ma mère. À laquelle je ne veux justement pas penser...

Le cahier m'intrigue et j'ai le goût d'en savoir plus sur Zoé, mon arrière-grand-mère.

– Ta mère à toi, Zoé, elle était bien institutrice ici, juste avant la guerre de 1914 ?

Dans le ciel éteint des yeux d'Hortense, le bleu s'anime. Le bleu d'une peur. Elle plonge le nez dans son verre, absorbe une seconde gorgée, une grosse lampée salvatrice qui la ranime, puis elle me décoche un long regard soupçonneux et étonnamment lucide :

– Moi, c'est de Marianne, ta mère, dont j'aimerais parler. Tu devais pas aller la voir à l'hôpital ?

Puis ma grand-tante rentre le menton :

– (Chuchoté) C'est vrai que maman s'appelait Zoé ! Je veux pas penser à maman ! Il faut pas penser à maman ! Pourquoi Marianne vit plus ici ? Je m'ennuie de Marianne ! Est-ce que Marianne va mourir ? Marianne est trop jeune pour mourir ! J'aime pas l'hôpital ! Je veux pas aller à l'hôpital ! Je veux pas qu'on me mette à l'hôpital !

• • •

Constance ne viendra pas. Pas besoin de feindre le sommeil. D'autant que je n'ai pas sommeil dans ce lit d'hôpital.

Je surnage dans la soupe fétide de mes pensées et je préfère quand la douleur se fait images.

Je préfère quand la douleur se fait plaine hérissée de glaces qui écorchent ma peau bleuie. Je préfère quand elle devient marée basse à perte de vue et fait reculer la mer à laquelle j'aspire tant. Ou quand elle s'érige en mur de briques qui bouche l'horizon tandis que je ne peux échapper au sable brûlant sous mes pieds.

Je préfère souffrir en images que subir le tourniquet sans fin de mes pensées.

Je suis fort occupée à mourir et avant que cela m'arrive, je ne savais pas que mourir prenait autant de temps et d'effort.

Car si le monde des vivants m'a jetée, je n'ai pas pour autant intégrer le royaume des morts. Car mourir comporte une épaisseur. Un *no man's land* que je traverse à l'aveuglette, mains tendues devant moi, subornée par les cristaux de vie étincelants qui réussissent encore à percer le magma sans temps et sans espace dans lequel je végète, alors que mille petites morts me picossent chaque jour. Je ne sais plus sous le poids de quel joug – celui de la vie ? celui de la mort ? – je titube.

Des mains me manipulent, souvent avec un câlin dedans, souvent avec l'indifférence de l'efficacité et de l'ennui. Entre deux visites à mon lit où l'on couine de fausse jovialité, on attend de moi que je me comporte en objet oublié.

Comme un balai dans le placard, un vêtement dans sa housse, un livre refermé.

Certains jours, je me sens d'une légèreté toute aérienne, mes cheveux dans le vide, mes mains comme deux oiseaux ébouriffés, prête à m'envoler par la fenêtre pour aller me percher sur cet arbre dehors qui me hèle, me hale, par-delà la souffrance.

Le soleil sur ma nuque pâle.

D'autres jours, cimentée à mon matelas, je voudrais m'y enfoncer, le défoncer, être avalée par le plancher où l'on m'oublierait, où je me fossiliserais entre fils et tuyaux.

Si au moins il y avait la paix du silence pour rejoindre la lumière en moi.

Entre les cliquetis métalliques, les grondements des chariots, les bips électroniques, les cris et les chuchotements : le brouhaha aigre-doux des visites de l'après-midi.

Les bruits me déchirent. Ce sont autant de morsures dans l'immobilité de ma chair offerte.

Parfois, un rêve tout en douceur me visite. Il débute par une intense lumière verte, presque liquide, dans laquelle des arbres majestueux se matérialisent et je me retrouve au milieu d'une forêt frémissante, un filet de fumée grise se faufilant entre les rameaux, agaçant mes narines, titillant mes souvenirs. Drapée dans cette lumière verte, je me dissous dans la caresse parfumée d'un feu de bois.

C'est le lieu de la mort que je me serais choisie.

Une mort éloignée de cette fin de vie indécente sous la dureté aveugle des néons.

• • •

Le regard de Simon se pose sur moi, du fait de son assiette vide.

– Comme ça, Constance, tu travailles à la bibliothèque ?

Ses yeux effectuent des allers-retours entre mon visage et son verre, comme s'il effectuait une étude comparative entre la robe pourpre du vin et celle de ma joue.

– C'est un vrai rat de bibliothèque, déclare Sophie avant même que je puisse répondre. Elle a sans cesse le nez fourré dans un livre !

La culture de Sophie étant plutôt limitée, on peut lui pardonner d'abuser des quelques lieux communs qu'elle connaît. Ainsi « rat de bibliothèque » a sa préférence pour décrire le fossé qui sépare nos intérêts respectifs. Toutefois, comme Sophie parle peu de moi – je ne représente pour elle qu'une figurante dans le téléroman de sa vie – je ne vais pas m'offusquer qu'elle daigne m'accorder quelque attention. De toute façon, Sophie n'a pas tort. Tout en m'efforçant de faire de mon mieux, je ne réussis jamais à bien faire. Sauf en ce qui concerne mon aptitude à tourner les pages d'un livre.

– Je suis la Tourneuse de pages !

Une tourneuse de pages tourne les pages d'une partition de musique et non celles d'un livre, mais je m'en fous. Je décide sur-le-champ de m'octroyer ce titre qui illustre mon absence totale de goût pour la performance. Et mieux, en voyant mon manque d'ambition se refléter dans les yeux d'Hélène, des yeux fixés sur ma joue droite, je ne peux m'empêcher d'enfoncer le clou :

– Je travaille à la bibliothèque vingt heures par semaine. Ils ont pas eu peur que je fasse fuir les abonnés !

Toute petite, quand je sentais sur moi le regard dégoûté ou apitoyé des bonnes gens, j'ai mis au point un procédé pour contrer le grand froid qui me ratatinait le cœur, une recette que j'utilise toujours.

Je me vis chien.

Je me vis dalmatienne.

•

« Elle a une face laitte ! » clame un gros garçon, sans doute lui-même persécuté et trop heureux de détourner l'attention sur quelqu'un d'autre. « C'est une sorte de monstre ! » ajoute une petite fille blonde à laquelle j'aurais tant aimé ressembler. J'ai été invitée à une fête d'enfants, et si j'ai retrouvé là quelques petits amis rencontrés chez ma gardienne, il y a aussi des nouveaux venus, des enfants des villages voisins. Dans mon dos, une dame murmure à une autre qu'on ne doit pas s'étonner que j'aie cette figure étant donné la mère dévergondée qui m'a mise au monde. Je verse des larmes de crocodile tout l'après-midi, recroquevillée dans mon coin, et ma salopette neuve en est toute mouillée lorsque mon oncle Tieu surgit pour me ramener à la maison parce que ma mère dévergondée est retenue en ville. On file aussitôt à la bibliothèque du village d'où on revient avec un livre avec une belle histoire dedans: *Les 101 dalmatiens*. Mon oncle Vent sirote une bière sur la galerie pendant que mon oncle Tieu m'en lit quelques pages. Les livres et les chansons, c'est l'affaire de mon oncle Tieu. Mon oncle Vent est plus à l'aise avec ses pièges et sa grosse scie mécanique.

Ce jour-là, ils décrètent que je suis un petit animal tacheté et unique comme l'est chacun des chiens dans le livre. Une conviction qu'ils font passer avec un grand bol de crème glacée.

•

Tante Hortense s'étouffe.

Hélène bondit de sa chaise pour taper dans le dos d'Hortense qui reprend son souffle. Quand elle commence à chuchoter, nous la savons hors de danger.

Je me lève et empile avec fracas les assiettes sales pour les rapporter à la cuisine.

– Je vais débarrasser.

– Ouais, fais donc ça, grogne Martine.

Hélène a décidé que le nouveau prétendant de Sophie méritait le décor de la salle à manger pour son premier repas avec la famille. Non que cette pièce soit vraiment élégante. En réalité, elle ressemble à une petite boîte dont on aurait tapissé l'intérieur et son papier peint fané, ainsi que les stores en bois foncé qui masquent les fenêtres, l'assombrissent encore plus. Le mobilier est limité au strict minimum : une table, six chaises de bois verni et une armoire ancienne où on loge la verrerie et les quelques porcelaines héritées de la famille. Néanmoins, elle est douillette et j'aime cette pièce comme j'aime la maison tout entière. D'un amour démesuré et irrationnel.

– Pourquoi faut-il toujours que tu parles de *ça* devant les gens ? chuchote une voix dans mon dos. Tu vois pas que *ça* met les gens mal à l'aise ? Simon est un gentil garçon et je t'informe qu'on sort ensemble depuis le mois de février !

Par « les gens », il faut comprendre : les gars. Ceux qu'elle amène à la maison à la queue leu leu.

Sophie m'a suivie à la cuisine, laissant sa mère et Simon en tête-à-tête. Cette tradition incontournable met le nouveau candidat au défi de passer avec brio l'examen imposé par Hélène. « Laisse-le moi, susurre-t-elle à sa fille, que je vois un peu ce qu'il vaut quand tu n'es pas là. » De mon côté, je soupçonne Hélène de jouer les coquettes et de s'offrir l'illusion qu'une vieille peau est encore capable de séduire un garnement. Elle en profitera pour sortir l'étui en plastique qui résume toute sa vie : une photo d'elle couronnée Miss Politesse à dix ans ; une photo de chacun de ses voyages de noces – vaut mieux avouer ses échecs matrimoniaux que de passer pour célibataire ; une photo de son magasin de vêtements classe ; les photos de ses deux filles, chacune fabriquée avec un mari différent ; une photo de la mégadouche qu'elle a fait installer dans son dernier bungalow et une photo de la vieille maison qu'elle fait passer pour la sienne lorsque Tante Hortense n'erre pas dans les parages.

À l'évocation de ce qui se répète dans la salle à manger, je craque :

– Je vous laisse. Je monte dans ma chambrette !

« Mais c'est la chambre de la bonne ! » avais-je protesté à l'époque, voulant culpabiliser ma mère qui, coincée entre les revendications de sa cousine et celles de Sophie, avait comploté avec elles pour me reléguer dans la plus petite chambre au-dessus de la cuisine. Cette chambre est confinée entre des combles non aménagés auxquels les garde-robes donnent accès. J'avais mis à rude épreuve les nerfs de toute la maisonnée en chantonnant sur un air de mon cru, chaque fois que je montais à ma chambre : « La soubrette dans sa chambrette attend la sonnette… »

Durant les semaines qui ont suivi l'hospitalisation de ma mère, j'ai mis fin à cette guerre des nerfs que ma mère qualifiait de « comportement puéril ».

Elle s'y connaît, ma mère, en science du comportement. Elle est psy.

•

Abandonnant Sophie-les-malheurs à sa mauvaise humeur et à la vaisselle, je traverse la salle de séjour et rejoins l'escalier pour monter dans mes quartiers. Avant de m'y réfugier, j'effectue une incursion sur le territoire de Sophie. Ma première irruption dans sa chambre, il y a quelques mois, se voulait une mesure de représailles à l'encontre de ma cousine, la parfaite, et avait pour dessein de mettre la main sur son téléphone portable et d'en effacer le carnet d'adresses. Puéril, n'est-ce pas ? J'en conviens. Mais sur le bureau de Sophie, un cahier de dessin m'avait détournée de mes instincts vengeurs. Attirée par la frénésie du trait de crayon, je m'étais emparée du calepin. Sur le premier croquis, Sophie avait dessiné une jeune fille, revêtue de superbes vêtements, les yeux éteints par l'ennui, le désabusement inscrit dans le pli de ses lèvres. Dépassant d'une manche, non une main, mais l'extrémité d'une aile. Intriguée, j'avais parcouru toutes les pages du carnet, une à une. Sur les esquisses suivantes, presque gravée dans le papier par la façon dont Sophie avait pesé sur le crayon, la même thématique revenait avec de multiples variantes. On y voyait des femmes dans les vêtements les plus variés, allant des tenues décontractées au tailleur formel, toujours avec l'extrémité d'une aile à la place des mains.

Aujourd'hui, sur le dernier croquis, Sophie avait dessiné une jeune femme engoncée dans une robe de bal croulant sous les fanfreluches, dévoilant en entier des ailes volumineuses, mais pendantes. Des ailes brisées.

Je quitte la chambre de Sophie, troublée comme à chaque fois par cette violation de domicile et par ce qu'elle me révèle sur ma cousine.

Une fois sur le palier d'en haut, je redescends les deux marches qui mènent à ma chambre et referme la porte derrière moi, en dépit de la bonne chaleur émise par le poêle du petit salon, qui s'élève par la cage d'escalier et s'égare jusqu'à l'orée des chambres. La maison dispose d'un chauffage central, mais comme toutes les vieilles maisons, la nôtre est mal isolée, et on a l'impression qu'à peine craché, l'air chaud va se perdre au milieu des courants d'air, déjà qu'un long pèlerinage de la cave au deuxième par d'antiques conduits métalliques l'a passablement refroidi. Ma mère a fait installer des plinthes électriques dans les chambres et dans la salle de bains, mais depuis son départ, Hélène surveille jalousement la consommation du moindre kilowattheure. «Les radiateurs, c'est pour la nuit. Si t'as froid, Constance, t'as qu'à laisser ta porte ouverte!» Elle ne m'en surveillera que mieux, ai-je pensé, même s'il n'y a rien d'autre à surveiller que ma *divergence.*

Pour être honnête, si je me plains du froid, c'est seulement pour ne rater aucune occasion de me montrer désagréable. En réalité, lorsque la froidure traverse ses murs, la maison s'agrandit, s'emplit de l'écho de tous ceux qui ont arpenté ses vieux planchers de bois. Les émotions gardées en dedans, les rêves non accomplis, les conflits non résolus, flottent dans l'air de la maison rose et lui concoctent une haleine chargée.

Zoé.

J'allume la lampe dont l'abat-jour jaune répand dans la pièce une lumière vieillotte qui met en valeur la bibliothèque pleine de livres. À chaque plongée dans le sommeil, je m'allonge entre leurs pages, comme si je m'allongeais dans une tombe, et je laisse les mots grignoter mes os et en souffler la poussière dans d'autres mondes. Mais ce n'est pas encore l'heure de m'adonner aux rêves, ceux que le sommeil désenchaîne, et je vais me planter devant le miroir sur pied qui a appartenu à Tante Hortense et qu'elle m'a offert pour mes seize ans. «Je ne suis pas assez belle pour un tel objet», ai-je murmuré à cette occasion sous les regards envieux d'Hélène et de Sophie-les-malheurs qui se sont retenues d'acquiescer. Cette psyché contribue au parfait décor d'héroïne anglaise que j'ai créé dans ma chambrette pour compenser la vie éclatée que je menais à l'époque. À l'inverse de la plupart des gens qui aiment les décors au goût du jour, je préfère les lieux et les objets vieillis, balafrés, meurtris par d'autres vies que la mienne. J'aime la patine qui les recouvre. Dépositaire du temps qui passe, la patine est un vêtement sur mesure qui adoucit les angles. La patine témoigne de la vie des autres et me fait me sentir moins seule.

Le dernier express, celui de vingt heures trente, crie sa mélancolie en traversant la ville et comme d'habitude, Bingo, le chien du père Lajoie, au bout de la rue, y répond en longs hurlements lugubres. L'Heure des Chiens approche, celle où ils iront regarder reculer le grand train océanique. Une autre fois, pas ce soir, j'irai voir le train. Et les chiens.

Je me mire dans la glace, non lassée de contempler encore et toujours le spectacle affligeant infligé aux autres.

Toute petite, je n'ai pas souffert d'avoir été ainsi stigmatisée et j'ai grandi avec cette joue suppliciée, gorgée par l'amour de mes oncles qui, eux, n'y voyaient qu'un signe qui me démarquait des autres. «Notre belle dalmatienne!» s'exclamaient-ils à tour de rôle.

Est-ce de là que vient ma propension à plonger en apnée dans les couches transparentes du temps et des lieux?

Plus tard, à l'école, puis dans ce monde féru d'esthétique, j'ai dû subir les railleries et les regards en coulisse des autres. Et parce que ma survie en dépendait, j'ai fini par me glorifier de ce visage *divergent.*

Il représente aujourd'hui le seul lien tangible qui me rattache à mes oncles.

En provenance du rez-de-chaussée, des bruits confus de vaisselle empilée, de chaises déplacées, d'éclats de voix, ensommeillent mon esprit, mais c'est le froid dans ma chambre qui m'oblige à sortir de ma léthargie pour aller rouvrir la porte. Un brouhaha en bas préside à l'installation d'Hélène, de Sophie-les-malheurs et de son chum de l'heure devant la série télévisée de l'heure.

Le vent s'est levé, un de ces vents gonflés de tristesse qui distillent misère et solitude à travers les interstices des murs et des fenêtres. L'air glacé siffle entre les planches du couvercle de bois qui recouvre le puits, ce puits qu'on n'utilise plus depuis longtemps, sauf pour arroser le jardin. Ses eaux noires m'attirent comme elles ont attiré Zoé.

Je vais à mon bureau et en sors le cahier noir aux pages jaunies et à l'encre délavée. Aucune idée de sa provenance. De mon passé, un lambeau égaré m'est parvenu grâce à la main inconnue qui l'a laissé tomber à ma porte. Ma mère connaissait-elle l'existence de ce cahier même si elle ne m'en a jamais soufflé mot ? D'ailleurs, ma mère m'a-t-elle déjà soufflé mot de quelque chose qui aurait créé un lien entre nous ?

Les secrets, ma mère les collectionne dans sa tête bien faite de psy.

Non que l'identité de mon géniteur m'ait préoccupée outre mesure jusqu'à maintenant.

Comme je ne pouvais concevoir qu'il puisse être plus épatant que mes oncles, j'ai toujours craint qu'à force de me questionner sur ce père, il resurgisse d'entre les morts, sous la forme d'un monsieur ventripotent, sérieux et intransigeant qui m'arracherait à mes oncles et à ma vie de sauvageonne.

Ce père soi-disant mort dans un accident d'automobile.

J'ai plutôt retenu les racontars au village. Que des sous-entendus. Avec férocité, mes oncles ont veillé à ce que tous la bouclent.

J'ouvre le petit cahier de Zoé Ferland, mon arrière-grand-mère. Elle y a noté les menus faits et gestes de son quotidien. Du tiroir, j'extirpe une tablette de feuilles vierges. J'ai aussi vendu mon ordinateur portable à Sophie.

Tant qu'à me distinguer.

Autant le faire autrement que par mon sale portrait.

Une nostalgie subite de la Famille explose dans ma poitrine parce que moi, je n'ai à ma disposition qu'un passé d'oncles mal léchés courant les bois et un présent de fifilles effarouchées dans une maison rose.

Je vais m'offrir le plaisir de me raconter une histoire d'ancêtres en ajoutant un peu de piquant dans la petite vie que Zoé dépeint avec sa plume sage d'institutrice.

J'ai si peu souvent laissé ma main courir sur une page blanche, senti la caresse du papier sur le tranchant de ma main. Comme tous les représentants de ma génération, je n'ai appris que l'écriture en script.

Le sifflement s'enfle, vibre, devient un grondement puissant. Le sifflet du train défonce mes oreilles.

J'ôte le capuchon de mon stylo.

Un stylo à l'encre rouge.

Sang d'encre.

•

Avec les gamins de l'école,
je marche en tête du cortège
tout juste derrière la grande croix noire.
Elle est noire de suie,
comme tout le reste ici.

Je m'ennuie à mourir, et mon ennui s'étire
de mes bottines jusqu'à mes épaules,
comme un long serpent.
Je vois aussi un long serpent
dans ce cortège engourdi
par la psalmodie des cantiques.

Sans cesse, les locomotives
crachent la noirceur de leur souffle
pareil à une prière venue de l'enfer.
Les locomotives sont les âmes damnées de ce village.

Un serpent aussi,
dans le filet de fumée lové dans le gris du ciel,
comme une menace au-dessus de ma tête.

Des idées dont je suis pas coutumière.

Hier, au magasin général de monsieur Lemieux,
un homme m'a regardée.
« C'est un english, un jeune foreman, il a une bonne job »,
a dit la grosse Bélanger.
Mais elle a ajouté que ces gens-là n'étaient pas
de notre religion.

Les Enfants de Marie se cramponnent
à leur bannière malmenée par le vent.
Et les Dames de Sainte-Anne
ont les yeux mouillés de piété (soupir !).
Je suis obsédée par le bruissement de toutes ces jupes
que profane un souffle froid.

La foule ondule avec le vent.
Ondule comme un serpent.
Les hommes sont regroupés à la queue du cortège.
La queue du serpent.
Encore.

En dépit de mon manteau de laine noire,
j'ai froid dans la robe que j'ai cousue de mes mains
durant les longues soirées d'hiver.
Mais j'ai fière allure avec mon chapeau et mes gants neufs,
une toilette approuvée par la grosse Bélanger.
C'est la dame patronnesse chez qui je loge
pour la durée de l'année scolaire.
Elle loue des chambres à deux journaliers

du chemin de fer.
Ils logent au deuxième étage,
tandis que moi, j'ai ma chambre en bas,
tout à côté de celle de la Grosse
et de son mari qui ronfle.

La Grosse s'est bien fait comprendre :
« Avec tes cheveux oranges, y a pas de raison
de te montrer vaniteuse ! »

Je fais l'école à des enfants peu motivés à s'instruire.
Les jeunes gars, surtout, vénèrent les hommes du train
et rêvent d'appartenir à leur communauté.
Toute la journée, ils cavalent comme des sauvages
dans les gares et les cours de triage.
Ils se cramponnent aux chars en attendant
d'y gagner une paye.
« Chassez les enfants des gares et des boutiques
et retournez-les à l'école ! » beugle le curé
à ses paroissiens chaque dimanche.
Enfin, à ceux d'entre eux qui se présentent à l'église.

Le bon air de la campagne me manque.
Tout est sale dans ce village
à cause de la mauvaise haleine des locomotives.
Les maisons grisaillent,
la végétation s'étiole,
momifiée par le souffle noir
qui les hante comme un fantôme mal lavé.
« Faut pas oublier la lessive sur la corde à linge

quand y passe un train ! beugle sans cesse la Grosse.
Sinon, on va devoir tout relaver ! »

La brise a fraîchi et les nuages accourent.
La procession, de retour devant l'église,
vit ses derniers moments : les dernières prières,
les dernières bénédictions,
les dernières simagrées.

Je donne l'exemple aux enfants
et je baisse la tête un petit moment,
mais je songe à cet Anglais qui me dévisageait.
Quand j'émerge de ma fausse piété,
autour de moi, les gens piétinent et commencent
à chuchoter, puis à s'interpeller.
Je rameute les enfants :
– Allez rejoindre votre parenté !
Je les surveille un moment, surtout les plus jeunes,
pour m'assurer qu'ils m'obéissent.
Je suis soulagée que mon rôle soit enfin terminé.

Les rangs se défont.
Les femmes et les jeunes filles,
avec les enfants à leur suite,
quittent les lieux par petits groupes bruyants
et se dirigent vers leur foyer.

Je n'ai pas d'autre choix que de les suivre.

Malgré le vent qui forcit et la pluie qui menace,
les hommes se regroupent par confrérie
ou corps de métier.
Ils s'attardent sur le parvis,
enferrés dans leurs vantardises d'hommes.

Quelques grands adolescents montés en graine
se joignent à eux.
Privilège de gars.

La grosse Bélanger m'a rejointe.
Il ne reste plus qu'à rentrer
et à m'offrir une tasse de thé,
un thé noir comme la mélasse
parce qu'il a bouilli toute la journée sur la cuisinière.

J'emboîte le pas à la Grosse sur la rue principale
où sa lourde carcasse fait croasser le trottoir de bois.
Tout au long de notre chemin,
des maisons taciturnes,
avec leurs murs fouettés par la bruine,
laissent perler de longues larmes noires.

Je pourrai au moins raconter cet événement
dans mon journal.

CONTAINER CAR

MAI

Parfois, j'imagine Mathieu pénétrer dans ma chambre mortuaire. Mathieu, l'ami d'autrefois, l'amoureux magnanime, le conspirateur. Bien qu'il soit plus jeune que moi, il a joué le rôle d'un grand frère attentionné, préoccupé de veiller sur ma fatigue tout en tirant des ficelles invisibles pour m'amener là où il le voulait, à la limite de ce que mon corps désirait et redoutait en même temps. Il s'est acoquiné avec Yvan l'insouciant, Yvan le jouisseur, Yvan le bienheureux, Yvan dont le charme s'apparentait à celui de la forêt qu'il arpentait. Ensemble, ils ont donné à boire à mon âme tarie. Avec eux, un troisième homme, insaisissable celui-là, avait complété le groupe qui m'avait entraînée aux confins du désir et de la peur. Ce troisième homme est mort depuis plus de vingt ans. J'ignore ce qu'il est advenu de Mathieu et d'Yvan.

Je rêve que Mathieu s'assoit à mon chevet, qu'il sourit de ce sourire que je lui ai toujours connu. Un sourire tranquille comme si rien, jamais, ne l'inquiétait vraiment. Comme s'il possédait la connaissance, sinon la maîtrise de ce qui est à venir. J'aurais grand besoin de lui maintenant. Grand besoin de sa lumière – il t'aiderait à vivre, Constance –

grand besoin de son accointance avec l'ombre – il m'aiderait à mourir.

«Bonjour, Marianne. Parle pas, fatigue-toi pas», qu'il me dirait. Sa main noueuse chercherait la mienne, puis remonterait le long de mon bras, le caressant doucement. À l'inverse du reste de mon corps grignoté par le crabe, la douleur a dédaigné mes bras. Sous la callosité brûlante de sa paume, ma chair se souviendrait du plaisir de l'abandon, frissonnerait comme un oiseau à l'agonie, le temps d'une étincelle échappée.

Yvan et Mathieu ont-ils jamais deviné la noirceur du sang qui pourrissait mon cœur? Peut-être Mathieu s'en est-il douté lorsque je les ai abandonnés derrière moi sur cette terre âpre, gorgée de sève, où nous nous étions côtoyés avant de partager une intimité sauvage.

Tu dois encore parfois te demander, Constance, pour quelle louable raison nous n'avons pas gardé contact avec ceux de la forêt?

Sur l'ultime couche où repose aujourd'hui mon corps fini, j'essaye de me convaincre que c'est pour te soustraire à mes propres actions passées que je t'ai enlevée à la forêt.

Comme s'il existait la moindre chance que tu ne les découvres jamais.

Tout ça aujourd'hui a si peu d'importance.

Comme l'éternel soupir qui s'échappe d'entre mes lèvres craquelées.

Sans scrupule, je t'ai arrachée à Mathieu et à Yvan, mais j'ai bon espoir que tu as conservé d'eux une foule de caresses et de mots doux et que tu les as enfouis au fond de ton corps pour piger dedans au besoin.

Ma petite fille... En train de décrocher du monde que tu as tant essayé de rallier, si amoureuse de tes chimères.

Je t'ai peu soutenue.

Et depuis mon hospitalisation, tu t'échappes.

Je prends souvent plaisir à croire que Mathieu est demeuré semblable à l'icône dont mon cœur a gardé l'empreinte. Sans doute n'a-t-il pas beaucoup changé, ni en corpulence ni dans le relief de son visage, si ce n'est que ses traits doivent être encore plus marqués et sa chevelure et sa barbe moins longues et filetées de gris.

Des pas pointus retentissent dans le corridor. Malgré le brouillard dans lequel je plane de plus en plus souvent, je reconnais les bottillons que tu chéris tant.

Et je me tourne sur le côté pour feindre le sommeil.

Je n'ai pas le courage de te parler pour ne rien te dire.

Je n'ai plus le courage ni la force de te raconter ce qui devrait être dit.

• • •

Un ange gardien distrait, le mien, m'a échappée dans ce siècle déshydraté, et pourtant, je me suis gavée de science-fiction durant mon adolescence. Comment moi qui me débats sans cesse avec la modernité – est-ce que je tiendrais de ma grand-tante Hortense? – ai-je pu m'intéresser à ce genre de littérature?

Parce qu'elle a prédit l'adulation de mes semblables pour les objets à acheter, à jeter, à remplacer; parce qu'elle a érigé en dogmes la cupidité, la technologie, la vitesse, l'instantanéité, l'éphémère et la négation de la mort; parce qu'elle a deviné que l'évangile devant lequel tous se prosterneraient serait écrit par les médias.

Elle a poussé jusqu'à la caricature les excès de ce siècle.

Et, bien sûr, parce qu'elle met en scène toutes sortes de créatures aux caractéristiques physiques saugrenues à côté desquelles ma joue ravagée fait figure de grain de beauté charmant.

J'ai stationné ma voiture au milieu d'une caverne de métal et de béton fissuré. Encore une porte et c'est le choc, l'étrangeté, le dépaysement dans les odeurs et les bruits. Le flot des bien-portants remonte le couloir à contre-courant.

– Pardon, pardon, dis-je en heurtant ces vivants pressés de décamper pour fuir ce lieu où l'on devra, pour la majorité d'entre nous, au nom du respect de la vie, la quitter, dépouillé de sa plus infime dignité, dépersonnalisé dans tout son être.

C'est mon angoisse à moi, ma préférée : me voir réduite par les spécialistes à un entrelacs de vaisseaux, de canaux, de boyaux, parcourus par quelques décharges électriques.

Des murs unis, sans distraction possible, et l'ascenseur, plutôt un monte-charge, dans lequel je m'échappe vers le ciel. Peut-être n'est-ce qu'un leurre, car où que j'aille dans ce lieu, je m'enfonce en enfer. Un étage nous arrête, une étape qui permet d'entrevoir les différents paliers de cette ruche aux angles acérés qui bourdonne de non-sens. Les portes s'ouvrent, une civière se glisse, maillon échappé d'un travail à la chaîne, avec dessus un corps en détresse en partance vers un faux soleil, des lumières vertes clignotantes, une couche glaciale et une rencontre avec des androïdes masqués.

Enfin, j'atteins le palier qui me concerne parce qu'un pan de ma vie est en train de me quitter, là, dans une lumière qui n'aura plus jamais la transparence de l'aube, le mordoré du couchant, ou l'argenté de l'eau. Dans ce jour impudent, blanc comme une nuit blanche, errent l'écho des bruits électroniques et le souffle gris des souffrants. Ma mère est aux mains des extra-terrestres. Des gens efficaces, semblables à des outils stériles parce qu'ils s'aspergent chaque jour du parfum rassurant de l'aseptisation.

Je déconne, mais c'est la seule façon que j'ai trouvée d'affronter ces visites à l'hôpital.

Un infirmier, un aide-infirmier, je ne sais pas, bref, quelqu'un vêtu d'un pyjama professionnel surgit devant moi. Je suis habituée à ce que le regard des gens dérape vers ma joue pour ensuite glisser vers n'importe quelle autre partie de mon anatomie afin de s'y accrocher. Ce regard-ci se veut vide et se noie désespérément dans le mien pour ne pas risquer de se faire piéger par mon visage. J'arbore souvent un décolleté profond, même s'il n'y a rien à montrer, pour tester laquelle, entre l'échancrure de mon corsage et ma joue, remportera la victoire.

Je pénètre enfin dans ce qui sera peut-être le dernier lieu de vie de ma mère, une salle de quatre lits. Elle dort à poings fermés et je m'installe dans un fauteuil à son chevet.

Avant de venir ici contempler ma mère en train de se quitter elle-même, je suis allée rôder aux abords de la cour de triage dans l'espoir de revoir le bel Enténébré. L'Enténébré a rejoint le grand livre de mes fixations. Parce que je ne peux exister sans mes fixations. Elles se succèdent comme des points d'ancrage dans ma vie. En les accumulant, j'érige une espèce d'antichambre entre moi et la réalité trop éblouissante de ce monde en stainless steel.

Je n'ai pas pu voir l'Enténébré, ni même l'apercevoir de loin. Alors je me suis ruée vers la rivière avec la ferme intention de m'aventurer sur la passerelle. Il y avait nécessité d'un exploit, d'une sensation forte. Il y avait le besoin de me purifier à même les embruns de l'eau qui explose tout en bas des chutes. Devant le long pont de cordes, j'ai dû renoncer et rebrousser chemin, laissant derrière moi cette chaussée suspendue dans le vide qui ondule comme un serpent à chaque rafale de vent. Le vertige, comme un grand trou qui chatouille au niveau de l'estomac, m'a empêchée de seulement faire un pas sur les planches mouillées.

Malgré l'appel de la forêt en train d'éclore de l'autre côté.

La forêt. Ma mère.

Et soudain, j'étouffe de chagrin.

Je quitte le fauteuil et vais me poster devant la fenêtre. Une averse brouille la vitre.

•

Ce jour-là aussi, la pluie pianote sur la vitre. Dans sa partie la plus basse, le plafond en pente de ma petite chambre toute bleue frôle mes cheveux et invente pour moi et mes poupées une maisonnette à notre mesure. J'aime de temps en temps me réfugier là pour me reposer de ma maison trop vaste et de la terre tout autour peuplée d'arbres grands comme des géants et de bêtes mystérieuses comme des légendes. Dans ce coin douillet où j'ai installé mes jouets et mes livres, où je m'assois à même le sol de bois blond sur lequel ma mère a déposé un tapis natté, même les craquements de la maison me semblent plus lointains. «Tu es dans ta chambre, Constance?» s'est assurée ma mère cet après-midi, avant qu'il se mette à pleuvoir. Ma mère qui craint sans cesse de me perdre au creux des épinettes ou au fond d'un fossé. La journée tire à sa fin et j'entends causer mes oncles, juste en dessous, dans la grande pièce. «Un mois de mai sacrément mouillé!» se plaint mon oncle Vent sur fond de guitare. J'écoute avec plaisir les accords qui s'égrènent entre les doigts de mon oncle Tieu. Je reconnais la chanson qu'il chante pour moi: «Il y a longtemps que je t'aime, jamais je ne t'oublierai...» Ma mère les a invités à souper et leur présence ajoute un éclat magique à la lumière jaune des fenêtres de notre maison. Je sais qu'elles brillent loin dans la noirceur parce que j'ai souvent traversé, par des soirs de nuit noire, le grand champ entre la maison de mon oncle Tieu et la mienne.

Je laisse tomber *Les 101 dalmatiens*. Parce que je voulais tout le temps emprunter ce livre et que l'exemplaire de la bibliothèque commençait à être tout écorné, mon oncle Tieu me l'a offert en cadeau. Il se l'est procuré à la ville où il va travailler quelques jours par semaine.

Je traverse le palier et me faufile dans l'escalier qui m'amuse parce qu'il tourne et se ferme par une porte tout au bout. La porte est ouverte et je décide de m'asseoir à mi-hauteur des marches pour écouter sans être vue.

«Je ne veux pas que ce garçon revienne dans les parages!» dit ma mère dont la voix affolée m'affole à mon tour. «Il a dix-huit ans, il a changé et son oncle est prêt à s'en occuper», répond la voix posée de mon oncle Tieu qui a cessé de jouer de la guitare. « Voyons, ma belle, calme-toi », intervient mon oncle Vent, avec ce ton qu'il prend toujours pour apaiser nos « frayeurs de femme », comme il dit. « J'ai trop peur pour Constance ! » insiste ma mère qui ajoute quelque chose que je ne saisis pas parce qu'au même moment, une secousse de vent ébranle la maison.

Parce que j'ai entendu mon nom et que je suis effrayée, je dévale la dernière portion de l'escalier et fais irruption dans la grande pièce en criant à la stupéfaction de tout le monde : « C'est qui, le garçon qui doit pas revenir ? » Je surprends ma mère bien au chaud entre mes oncles, leurs bras la ceinturant comme si elle représentait un trésor pour eux. Ils s'éloignent, mais pas assez vite et j'en oublie ma question, parce que si je suis habituée à de petits gestes d'affection entre eux, je comprends après les avoir vus ainsi, tous collés ensemble, que je viens de perdre quelque chose que je croyais appartenir à moi seule.

Moi seule, leur fée, leur puce, leur dalmatienne.

Sur le coup, je déteste ma mère.

« T'avais pas dit qu'y aurait des chips, Marianne ? » demande gaiement mon oncle Vent. « Viens, ma petite fée », murmure mon oncle Tieu en se levant et en m'enlevant dans ses bras pour m'amener sur ses genoux. Avec malice et pour le punir un peu, je tire sur sa barbe et il fronce ses sourcils touffus qui font comme un casque de fourrure au-dessus de ses yeux. Pour qui ne le connaît pas, mon oncle Tieu est plutôt effrayant avec le long pelage noir qui couvre sa tête et ses joues. En général, il se montre plus sérieux que mon oncle Vent. J'entends souvent ma mère dire que mon oncle Tieu porte en lui le jour et la nuit.

Mais pour le moment, dans son odeur de peau et de barbe, je me blottis dans la ouate tiède de sa chemise et j'affirme ma place dans son cœur.

•

– Ça fait un petit bout de temps qu'on vous a vue, marmonne une infirmière en jetant un œil morne sur ma mère et un œil accusateur sur moi.

La barbe et les sourcils de mon oncle Tieu achèvent de m'effleurer en même temps que l'intensité de son attachement, l'expérience de la sécurité, vraie et douillette comme une chair acceptante.

Destin tragique que le mien. J'ai été arrachée à un monde d'hommes tendres, pour être jetée en pâture à une mêlée de nénettes vindicatives.

Je n'ai pas su tout de suite que j'avais échappé des morceaux de ma vie lorsque j'ai débarqué dans ce patelin. La nouveauté de ce qui m'entourait, les gâteries d'Hortense, les copines à portée de rue, m'ont empêchée de prendre toute la mesure de ce que j'avais laissé derrière moi. Bien entendu, à l'adolescence, je me suis questionnée sur le genre de relation que pouvait entretenir ma mère avec mes oncles. À cette époque, le sexe était devenu une affaire technique et il était difficile pour moi d'imaginer qu'il n'y avait eu que de l'amitié entre eux. Mais j'avais déjà les mains bien trop pleines avec mon dossier personnel pour prendre le temps de m'appesantir sur celui de ma mère.

D'autant que vivre au quotidien avec ma mère me renvoyait à un énorme vide.

Je n'ai jamais revu mes oncles.

Et jusqu'à aujourd'hui, leur souvenir possédait la pâleur d'une photo ancienne qu'on a trop regardée. On ne sait plus si elle représente le passé ou si elle a donné naissance à celui qu'on a imaginé.

Mais depuis que ma mère a été hospitalisée, leur ombre est revenue planer au-dessus de moi, réveillant mes souvenirs, les auréolant d'une lumière dorée.

L'infirmière a réveillé ma mère pour lui administrer quelques médicaments. « Ce n'est pas encore le temps des soins palliatifs », a-t-on expliqué. « Il ne faut pas trop précipiter les choses », a-t-on gazouillé. J'ai demandé une place dans un endroit où l'on n'entretient pas ce genre de scrupule. Un endroit où l'on accepte de forcer un petit peu les doses pour que vous puissiez vous envoler dans un grand bruissement d'âme.

No vacancy

Ma mère s'est de nouveau réfugiée dans le sommeil et je murmure davantage pour moi-même que pour elle :

– Mes oncles ? Où ils sont ? Bientôt, tu seras plus là. Te rends-tu compte à quel point je vais être toute seule ?

À quel point je suis déjà toute seule.

En même temps que ma détresse, une salive amère a envahi ma bouche et je gronde :

– Et parle-moi pas d'Hélène et de Sophie-les-malheurs ! J'en ai rien à faire. Tante Hortense va crever et il n'y aura plus personne pour moi !

Cette tranche de notre vie commune, à ma mère et à moi, ce passé qui nous a rendues heureuses, il semble que nous soyons incapables de le partager.

•

Enfin le vieux village. Les rails.

Les rails qui attrapent le soleil, reflètent la lune, engrangent le froid, s'argentent à la pluie.

Les rails qui traversent des villes couleur de cendres, des forêts sombres comme des cavernes, des plaines indécentes, qui déroulent leurs lanières d'acier jusqu'au pied des montagnes secrètes.

Ceux qui en sont complices travaillent dans tous ces lieux, des plus visibles aux plus cachés, partout où la route de métal se faufile sans demander son reste. J'ai souvent rêvé de la suivre jusqu'à l'infini.

Je ralentis à l'approche du passage à niveau de la rue des Belles-Amours, puis je décide de me ranger sur le côté. La fenêtre grande ouverte laisse passer le sifflement du vent qui fait des soubresauts dans les hautes herbes. Je reconnais, au loin, le grésillement familier de la radio dans le camion rail-route qu'on a laissé sur un terrain vague près de la traverse où je me suis arrêtée. Un ouvrier du train inspecte la voie ferrée. Malgré le casque de sécurité, le vent fait éclater sa chevelure et des paquets de longues algues noires balayent son visage: l'Enténébré.

c'est drôle, quand y vente, ça vente encore plus fort entre les rails; ça doit être parce que la voie ferrée ouvre le chemin devant le vent;

c'est grâce à mon ouvrage que les rails sont changés, le ballast nivelé, les traverses remplacées et la forêt débroussaillée; y a beau maintenant y avoir des équipements modernes, on a encore besoin de jus de bras pour manier la masse, la pelle à ballast, la barre à talons et tout plein d'outils hydrauliques ou à essence qui pèsent une tonne ; j'arrête pas de me pencher, de me relever, de marcher, de pelleter, de couper, de transporter, et ça, par tous les temps, de nuit comme de jour ; criss que j'ai mal, des fois !

pas besoin d'un abonnement à un club sportif pour me faire suer la carcasse !

– Ouais, tout a l'air beau ici.

j'ai pris l'habitude de parler à voix haute parce que je suis souvent tout seul dans mon travail comme dans ma chienne de vie ; je pourrais devenir superviseur, mais je refuse toujours ; la seule amélioration que je me suis permise, c'est cette affectation à ce secteur-ci, cette petite ville et sa cour de triage ; je peux pas quitter ce travail rude qui me soulage parce que le mal physique engourdit le mal que j'ai dans la tête ;

mais c'est toujours à recommencer ;

je roule ma pierre jusqu'en haut de la montagne, pis elle déboule jusqu'en bas, pis je la roule encore jusqu'en haut ;

une mautadite grosse pierre !

le train 22 va arriver dans pas longtemps ;

Il ne m'a pas vue alors qu'il est devenu immense pour moi, et je l'observe, toute à mon plaisir de l'épier, tandis qu'il se consacre à sa tâche. Je le regarde exister dans le vent, se déprendre du vent et je rêve de lui comme je rêverais d'une respiration profonde ou d'une rafale cinglante.

J'ai peur d'être remarquée, peur de trop dérailler et je me résigne à reprendre la rue et à traverser les rails sans le regarder.

Devant moi, quittant une station-service, une immense semi-remorque coupe ma route, puis se contorsionne pour tenter de se remettre dans le sens de la rue. Pour réussir ce tour de force, elle fait marche arrière. L'alerte est donnée. Avertisseur sonore et phares arrière qui bégayent. Je dois reculer, battre en retraite, et lorsqu'elle s'immobilise, je fais de même, attendant la suite.

Avant de réaliser que je chevauche la voie ferrée.

Aie !

Fière de cette constatation qui aurait pu m'échapper, je fais marche arrière, juste assez pour libérer les rails. La malchance ferait montre d'une impertinence grave en m'envoyant un train, là, maintenant. On a lu dans mes pensées, car le passage à niveau s'anime avec ses lumières rouges et ses cloches qui tintinnabulent. De l'autre côté, le mastodonte convulsionné rugit, bloquant en partie la rue tandis qu'un peu plus loin, en sens inverse, occupant la dernière portion libre du chemin, un autobus scolaire vomit sa progéniture, tous feux clignotant. Tout clignote en rouge devant mes yeux. D'autres véhicules, comme autant de bonbons colorés, se sont agglutinés derrière le mien. Je planifie de reculer un petit peu pour fuir l'intimité des rails quand la barrière se referme sur mon coffre arrière avec un cognement sec. Déjà le train crie. Trois heures, un train de passagers. Une sueur froide mouille le coton noir de mon chandail. Je pense à abandonner le navire. Et le conducteur du train ? Le museau de ma voiture semble prêt à renifler son convoi. Va-t-il arrêter s'il a le moindre doute ?

Mourir de honte serait quand même préférable à mourir tout court.

Sur le volant, mes bras deviennent mous et une grande paix blanche m'envahit. Ma joue brûle. La vie est-elle en train de refluer dedans ? À moins qu'elle n'ait été la seule portion de mon corps qui ait jamais été vivante.

Soudain la porte s'ouvre, une main s'introduit et va tourner les clés sur le tableau de bord. La même main, une poigne vigoureuse, m'attrape par le bras et m'extirpe de la voiture, m'entraînant sur le gazon en bordure de la traverse.

Toujours vivante.

Plutôt voyante même, debout sur le bord de la rue, figée dans ma maigreur repoussante.

– Y a de la place en masse, j'ai juste eu peur que vous traversiez tout d'un coup.

Dans une cacophonie de sifflements, de cloche, de ferraille, le train parade devant ma voiture.

– Y aurait eu le temps d'arrêter, reprend-il. Y vous a vue à partir de la courbe là-bas, et il va pas vite parce qu'il vient de repartir après s'être arrêté à la gare. Je vous ai sortie de là-dedans parce que vous aviez l'air de quelqu'un qui pensait qu'y était rendu à sa fin dernière.

Je regarde l'Enténébré en face. Il paraît avoir autour de trente-cinq ans. La surprise, puis la peur se succèdent dans l'encre épaisse de ses yeux.

encore elle ; cette fille ; la fille de Marianne ;

celle qui observait la cour de triage de sa voiture, l'autre soir ;

là, je la vois en pleine lumière, avec ses cheveux couleur de feuilles mortes, assez maigre pour voir à travers, le teint comme du lait de chaux et cette joue qu'on dirait giflée en permanence ;

si c'est la fille de Marianne, ça pourrait être la fille de Thomas ?

Il détourne son regard et, les barrières maintenant relevées, il fait signe aux automobilistes de contourner la voiture désertée.

– Allez vous rasseoir dans votre voiture, le temps de vous remettre.

Il m'accompagne, puis m'installe sur mon siège bien que je ne le sente pas très à l'aise avec les gestes qu'il fait pour me venir en aide. Il respire fort :

– Es-tu capable de conduire ?

Il vient de passer de façon spontanée au tutoiement.

elle a l'air d'un enfant, d'un jeune garçon même, en dépit de sa crinière couleur de mélèze à l'automne ; aucune idée de l'âge qu'elle peut avoir, sinon qu'elle doit avoir l'âge de conduire ;

– Je peux conduire, j'habite pas loin. Merci.

Je lui tends une petite main blanche assaisonnée de taches de son et il la prend dans sa grande peluche affermie par le travail avec une sévérité soudaine sur son beau visage.

faut me barricader le corps, pis le cœur contre le petit oiseau que je sens palpiter dans ma propre chair ;

D'une main pas très assurée, je tourne la clé de contact, traverse la voie ferrée maudite et m'éloigne. Dans le rétroviseur, je le vois hausser les épaules avec un geste de la main comme pour me chasser de sa vie.

faut que je renoue avec ce mort tout décomposé qui me pourrit le cœur ; surtout, faut que j'arrête de me poser des questions sur cette fille ;

je veux pas qu'elle existe ;

•

Besoin de rafraîchir ma souffrance à l'eau sombre du puits.

Avoir accès à ce gosier de pierres en tout temps.

Tant pis pour les garnements qui pourraient tomber dans sa gorge ouverte. Qu'ils aillent en pâture à l'eau noire. Elle s'en obscurcira d'autant.

Une fois le cadenas ouvert, la clé atterrit dans un massif d'hémérocalles. Les deux mains glissées dans l'anneau, je tire de toutes mes forces et le couvercle du puits se soulève lentement avant de basculer sur le côté.

Un bruit en provenance du hangar attire mon attention. Accompagnée d'un inconnu, Hélène descend l'escalier qui mène à l'appartement au-dessus de l'ancienne dépendance.

Un nouveau locataire.

Au début du siècle, le hangar abritait la carriole et le cheval au rez-de-chaussée en plus d'un lieu d'entreposage juste au-dessus. Au fil des ans, les outils, la tondeuse, les pelles, les vélos, les chaises de parterre ont remplacé le transport hippomobile. Puis on a vidé le deuxième étage de tout le barda accumulé durant des années pour y aménager un logement d'une pièce doté d'une minuscule salle de toilette avec douche. Aux deux fenêtres, une à chaque pignon, on a ajouté une lucarne, on a refait l'isolation et on l'a meublé en plus de l'équiper de petits appareils ménagers. On le loue à des étudiants ou à des vieux garçons pas trop difficiles et il constitue une rentrée de fonds non négligeable. Libre depuis deux mois, le logement m'a tentée et au départ de ma mère pour l'hôpital, j'ai rêvé d'y emménager même si j'adore la vieille maison. Hélène s'est montrée catégorique : « Quand tu seras capable de payer le loyer, ça me fera plaisir de te le louer ! »

– On a un nouveau locataire, babille Hélène en le précédant.

Rendue tout proche, elle chuchote :

– Vas-tu lâcher ce puits ? Où est la clé ?

– Quelque part dans les hémérocalles.

L'homme, qui visiblement nous a entendues, se dirige déjà vers le massif de fleurs.

De quoi je me mêle.

Il fouille en écartant avec délicatesse les feuilles et les tiges de boutons qui pointent leur tête. Je lui en suis reconnaissante. Cette talle d'hémérocalles est une des miennes dans la minuscule portion du jardin qui m'est réservée. La majorité des plates-bandes obéissent à la main impérieuse d'Hélène et s'épanouissent d'effroi sous sa gouverne.

L'homme revient vers nous, la main tendue avec la clé dedans qu'il remet à Hélène. Ce type a déjà compris qui est le maître du logis.

Hélène m'ordonne de refermer le cadenas. Mon comportement est irresponsable, qu'elle dit. Je l'ai déjà entendue, celle-là, et ça me plaît de personnifier l'irresponsabilité. Je fais la génuflexion pour cadenasser le puits. Quasiment aux pieds de l'homme. Ce faisant, je sens son regard peser sur moi.

Ce doit être mon visage qui l'intrigue, parce qu'il détourne les yeux dès que je me relève, et c'est moi qui peux alors le détailler.

Il possède une silhouette courte, ramassée, sa barbe et ses cheveux brun foncé sont mêlés d'un peu de sel. Parce que le souvenir de mes oncles est revenu m'habiter, je me fais la réflexion qu'il ressemble, en plus vieux, à l'image que j'ai gardée de mon oncle Tieu, sans doute à cause de sa barbe. Et du coup, je le trouve éminemment sympathique.

Cet homme respirera à portée de ma fenêtre.

Nos souffles s'entremêleront dans la nuit.

Il est vêtu d'un jean et d'un polo, et une odeur de tabac émane de lui. Il devra fumer à l'extérieur, Hélène est formelle sur ce point.

– J'emménage dès demain, annonce l'homme. J'ai peu de choses à transporter ici. Ce sera seulement un pied-à-terre. Je viens ici pour quelques mois seulement, pour travailler. Je fais partie d'une équipe qui creuse pour des fouilles archéologiques.

Il possède une voix agréable, un calme tranquille, et en dépit de ses efforts pour ne pas trop me regarder, je sens sa curiosité à mon égard.

Il prend congé d'Hélène et se dirige vers la Honda stationnée dans la ruelle que, dans ma déconfiture et dans ma hâte d'ouvrir le puits, je n'ai pas remarquée.

•

La porte de la chambre d'Hélène est entrouverte, et j'en profite. De mon enfance et de son escalier fermé, j'ai gardé l'habitude d'écouter et d'épier les gens à leur insu : d'abord ma mère et mes oncles, ensuite mes camarades d'école avec leurs propos déplaisants sur ma personne, et enfin Sophie et Hélène après qu'elles aient envahi ma vie en investissant la maison rose. Dans l'activité instructive que représente l'espionnage, Hélène est devenue ma proie favorite parce qu'elle matérialise à elle seule l'esprit bêlant de toute une société assoupie qui se permet de me juger du haut de sa conformité insipide. Observer, écouter Hélène, c'est entretenir ma rancune et mes croyances, c'est justifier le fait que je ne fous pas grand-chose de mon présent et qu'il n'y a d'avenir pour moi que dans l'épaisseur des livres et dans celle de mes songeries.

Si ma présence dans son ventre, puis dans sa réalité, a bouleversé la vie de ma mère – je l'ai entendue, une fois, en parler à mon oncle Tieu – je me foutais, petite, de savoir si ma mère m'avait désirée ou non, toute enfouie que j'étais dans le duvet d'amour de mes oncles. Ce genre de questionnement a rebondi plus tard lorsque je me suis retrouvée en tête-à-tête avec elle. Mais dans le cas d'Hélène, ça a eu le mérite d'être clair dès le début. Il n'y a jamais eu le moindre doute sur ce qu'Hélène pensait de mon arrivée impromptue en ce monde et de l'échec flagrant que mon existence représentait pour la Famille. C'est par Hortense que j'ai su qu'Hélène avait été consternée par ma naissance. Il fut une époque – celle de l'arrivée d'Hélène chez nous – où chaque fois que j'apparaissais devant Hortense, celle-ci se mettait à chuchoter à mon sujet : « La pauvre petite Constance ! Hélène l'aime pas ! C'est pas la faute de Constance si Hélène l'aime pas ! Moi, je l'aime, la petite Constance ! Pourquoi Hélène, elle l'aime pas, Constance ? Moi, je l'aime, Constance ! »

La suite de ma vie n'a cessé d'ailleurs d'atterrer Hélène, déjà qu'elle avait débarqué ici avec l'intention avouée de reprendre mon éducation en main, même si j'approchais l'âge de voter : « Non, mais regarde ta fille, disait-elle à ma mère, elle n'a aucune ambition et elle perd son temps dans des rêvasseries qui ne sont même pas de son époque ! » Elle ne mentionnait jamais ouvertement mon apparence, mais je devinais par son discours que j'aurais dû compenser mon aspect par un peu plus de réalisme et de performance. Et j'entends encore ma mère soupirer tandis que je la sens prête à acquiescer, elle qui pourtant s'était montrée jusque-là fort peu préoccupée de faire de moi une adulte adaptée à la société moderne.

Hélène me tourne le dos. Elle est en train d'aligner bien droit les petits pots remplis d'élixir de jeunesse qui parsèment le plateau en marbre de sa coiffeuse antique. Elle a soutiré celle-ci à Hortense, de justesse, avant que cette dernière ne m'en fasse don. Je les ai entendues se disputer à ce sujet : « Tu veux donner un meuble dédié à la beauté à la petite écorchée vive ! » s'indignait Hélène. Ensuite, il a été question de ma *divergence* et de cette propension à m'accrocher à ma laideur que je considère, selon elle, comme un cadeau du ciel.

Hélène contemple dans la glace ses cinquante-six ans platinés. Un léger balayage dans ses cheveux lui permet de recouvrer sa blondeur naturelle tout en laissant quelques fils d'argent assurer sa dignité. En tant que propriétaire d'un magasin de mode, Hélène a enchaîné sa vie à la beauté, à l'élégance, à l'apparence, ses veaux d'or à elle qu'elle a vénérés plus que tout au monde, mais qui, au fil du temps, ont lesté de plomb son âme. Elle n'a jamais désiré venir vivre avec sa mère. Elle l'a fait par calcul, par intérêt, de peur que les neurones détraqués d'Hortense ne tombent sous le charme de ma sauvageonne de mère, que sa gentillesse naturelle ne cède sous le poids de sa pitié pour moi, avec pour résultat qu'à sa mort, elle aurait pu léguer à la nièce, au lieu de la fille, la maison avec tout le bataclan.

Depuis, la petite araignée dans le plafond d'Hortense a pris du volume et agrandi sa toile, et Hélène a veillé à être mandatée par Hortense pour gérer ses biens et son vieux corps.

Mais si Hélène a emménagé dans cette maison, c'est aussi avec l'espoir de se recomposer une famille. Parce que vivre seule, avec Sophie, ça ne ressemblait pas vraiment à une famille. Et ce n'est pas faute d'avoir essayé de la reconstruire, cette famille, celle qu'elle n'a jamais su conserver. Hélène s'est toujours plainte de cette mauvaise volonté autour d'elle, pareille à une glu épaisse, qui l'a empêchée, sa vie durant, d'atteindre sa propre perfection. Côté esprit de famille, elle n'a pas tort, je ne lui ai pas facilité la tâche.

L'autre fille, Martine, ne demanderait pas mieux, elle, que de recréer la famille. Selon ma mèrepsy, Martine se montre incapable de temporiser, c'est-à-dire de supporter un laps de temps entre son désir et la satisfaction de son désir. Le chemin de la réussite et de la prospérité lui ayant semblé trop long et trop ardu, Martine a réussi à épouser un dermatologue après sa formation d'esthéticienne – on ne devrait pas atterrir dans une maison de fifilles obsédées par la beauté quand on a, comme moi, la figure ébréchée ! Elle a divorcé de son petit docteur et raflé le gros lot, allez savoir comment. Mais tout l'argent soutiré à son ex ne peut acheter le sentiment d'exister qu'elle ne ressent pas. Rien ne mijote dans ses intérieurs, à l'inverse de la marmite de sorcière qui bouillonne dans mes entrailles. Pouvoir rallier la maison rose lui apporterait la certitude d'appartenir à une sorte de clan avec, en bonus, des repas servis et plein de baby-sitters pour Merveille. Mais Hélène ne veut pas en entendre parler. Pas pour le moment, du moins. Martine est aussi une ratée, d'une autre sorte que moi, une siphonneuse qui surfe sur l'argent des autres. On lui envie ses beaux dollars, mais on ne peut pas lui pardonner sa réussite factice.

Hélène se retourne trop rapidement pour que j'échappe à sa vue. Elle ne se doutait pas que j'étais là, car avant qu'elle ne remette son masque de plâtre blanc, j'ai le temps de voir le flottement de ses yeux en détresse.

Parlant de Martine, la voilà qui surgit en haut de l'escalier, pour une rare fois sans Merveille.

– J'arrive du cimetière ! T'as oublié que c'était l'anniversaire de la mort de papa ?

Hélène ne répond pas, continuant de jouer avec ses petits pots de crème à main, à face, à fesse.

– Tu sais, le premier de tes deux maris !

Je ne peux pas retenir ma langue :

– À quel cimetière t'es allée ?

– Au cimetière de la famille de papa ! Là où il aurait dû être en entier !

On n'a pas démembré le corps. Juste séparé les cendres. Tout ça parce que Martine a toujours idéalisé la famille aristocrate de son père à l'inverse d'Hélène qui ne pouvait pas la piper. Alors qu'ils avaient décidé de se séparer, le premier mari d'Hélène, dans un soudain excès de générosité, lui a facilité les choses en décédant subitement.

Hélène l'a soustrait à la tombe familiale, là où reposent ses parents à lui, dans une terre ombragée en bordure d'un village pittoresque. Elle a préféré lui acheter un beau petit lot tout neuf dans un cimetière gazonné à côté d'une autoroute.

C'est ce qui arrive quand on ne profite pas de la vie pour regarder la mort en face. Il faut d'autant écrire ses dernières volontés qu'on traîne avec soi une future ex-conjointe de mauvaise foi et une fille tarée.

Crise de Martine qui a exigé une partie des cendres et convoqué la famille de son père pour les « vraies funérailles » quelques jours plus tard.

J'ignore les signaux désespérés d'Hélène :

– Il est même pas là, ton père ! Même pas en partie !

Avec jubilation, j'explique que le jour des funérailles – les fausses, pour Martine –, ils ne l'avaient pas, le petit sac de cendres que sa mère leur avait demandé pour calmer l'hystérie de sa fille. Ils prétendaient l'avoir oublié au crématorium. Elle, Martine, était trop enfoncée dans son mélodrame pour s'en rendre compte. C'est sa mère qui a dû aller chez les croquemorts, le lendemain, cueillir le petit sac rempli des supposées cendres de son vieux.

– Maman ! s'exclame Martine en se tournant vers Hélène.

Je poursuis, impitoyable :

– Va donc voir ce qu'ils ont pu mettre là-dedans ! Ils ont dû oublier de séparer les cendres et c'est probablement le gravier au fond de leur cour que t'as enterré à côté de tes précieux aïeux !

Martine vire au rouge carmin, comme à toutes les fois qu'elle est contrariée, désemparée, furieuse, enragée, ou amoureuse. En fait Martine n'a que ça, devenir cramoisie, pour exprimer tout le registre de ses émotions.

– T'es monstrueuse !

Ça, je le sais.

Si elle pense m'insulter ou m'apprendre une vérité sur moi-même...

Hélène décide de faire diversion :

– Encore la clé du puits ! siffle-t-elle en apercevant ce que je tiens dans ma main.

•

Il est magnifique, ce puits de maçonnerie. Un vrai puits comme on en voit dans les films. Quand j'ouvre le couvercle du puits, je peux plonger. Ou m'envoler. De ses pierres, suinte l'appel de l'eau, de la terre, l'appel du vide intersidéral. Le puits, c'est comme un tunnel qui relierait les profondeurs telluriques à l'immensité cosmique.

Comme l'œil de la terre,
grand ouvert sur le ciel.

Et si je peux flanquer la frousse à Hélène en ayant l'air de vouloir y plonger, dans ce puits, c'est encore mieux. Non que l'idée ne m'ait pas effleurée. Surtout depuis que j'ai lu le cahier.

À cause de ma mère qui m'abandonne, à cause de mes oncles qui m'ont oubliée, à cause d'Audrey-Rose qui me délaisse pour sa vie en papier brillant, parce qu'Hélène, Sophie et Martine ne pourront jamais m'abandonner, elles, puisqu'elles ne m'aiment pas, même le manteau de solitude dans lequel j'ai l'habitude de me réchauffer est devenu trop grand.

Il pleut et je me ratatine sur le rebord du puits, à plat ventre.

Je me vis dalmatienne.

Mes cheveux couleur de citrouille anémique pendent comme une vadrouille mouillée qu'on viendrait d'utiliser. L'œil noir du puits grossit, avale mon visage. Mélange des eaux. L'eau de pluie, l'eau vive. L'eau du puits, l'eau qui se souvient.

L'Enténébré m'a tendu la main, puis s'est détourné de moi.

Mais voilà malgré tout Sophie qui accourt, l'œil un peu affolé et le brushing en voie de s'aplatir sous la bruine. Quand elle s'aperçoit que je l'ai repérée, elle change d'expression, imitant à merveille la mine élégamment courroucée de sa mère.

– Tu veux absolument être malade ? Qui va être obligé de te soigner ?

– J'irai me coucher aux côtés de ma mère !

Je claque le couvercle du puits, en referme le cadenas et file devant Sophie éberluée. La cuisine, le séjour, le vieil escalier me regardent passer. Une chaleur lourde pèse dans mon bas-ventre. Le sang approche, celui de ma joue, ma joue qui saigne à chaque mois.

Vivement ma chambrette. Vivement le cahier, ma pile de papier et mon stylo.

Sang d'encre.

•

Autour de moi, les grenouilles de bénitier
frémissent de vertu
et jacassent comme des pies.
Leur bavardage m'apprend des choses
sur la vie de cette communauté régie par le train.
Le train qui m'a empêchée de dormir
au début de l'année
et qui me réveille encore en sursaut.
Le train qui encrasse les maisons,
obscurcit les visages,
s'approprie la verdeur des hommes
si fiers de mesurer leur force
à celle du dragon noir.

Le train, un citoyen à part entière,
un maître, un tyran.
Le train qui aspire la vie
et expire la mort.

Des idées dont je suis pas coutumière.

– Y a eu un vol de charbon aux installations
du chemin de fer,
commence madame Gingras.
Elle a les yeux arrondis par une fausse peur
dont elle se délecte :
– Ça s'adonne que j'ai vu un étrange, hier,
qui rôdait dans l'coin !
– On peut pas s'fier aux gens qu'on connaît pas !
renchérit une autre,

une petite boulotte avec un visage gras et luisant
comme de la pâte à tarte.
Son nom m'échappe.
– Avez-vous su pour c'te nouveau-né trouvé
dans un wagon ? relance la grosse Bélanger.
Elle est assurée de remporter le premier prix des ragots.
– Aaah... que j'entends, sagement penchée
sur mon ouvrage.
– Ça s'rait pas la fille de Jos Talbot, le chef de gare,
c'te p'tite rousse effrontée ?
Un regard d'avertissement de la Bélanger à la Gingras,
cette grande perche desséchée à la peau jaune,
qui semble oublier que moi,
« la pauvre petite », j'ai aussi les cheveux roux.

Et j'ai pas seulement les cheveux roux.
Sur ma joue droite,
de vilaines marbrures roses et violacées
dessinent l'empreinte d'une gifle.
Quelques garnements ricanent à ma vue,
et le chapelet de vieilles bigotes
qui se dandinent jusqu'à l'église
se signent avec précipitation sur mon passage.
« Sa mère ne l'a pas désirée ! »
j'entends chuchoter dans mon dos.
Cette croyance, je l'ai déjà entendue
sortir de la bouche des vieux de par chez nous.

On commente la grand'messe pour Achille Côté,
un gars de 31 ans,

décédé accidentellement à son travail.
Une grand'messe recommandée
par tous les conducteurs,
les mécaniciens, les chauffeurs
et les serre-freins,
d'ici jusqu'à Montréal.

L'ouvrage est dangereux
et les accidents nombreux pour les « roulants »,
ces hommes qui travaillent sur les convois.
Un petit moment de silence s'installe
à cause des dames qui pensent à leurs hommes.
Un recueillement presque religieux
que j'ai envie de briser par un grand rire.
À la place, je me retiens d'éternuer
par égard pour ces femmes
associées à des hommes héroïques
dont le métier inspire le plus grand respect.

Seules les activités paroissiales
et les bonnes œuvres
représentent des distractions acceptables pour les femmes.
Les femmes d'un bord,
les hommes de l'autre !

Et à l'hiver que j'attendais avec impatience,
la patinoire a été dénoncée.
Une occasion de péché ce serait,
d'après ce con de curé.
« Lâchez pas vos filles sur la patinoire

avec les garçons ! » qu'il a rugi tout l'hiver, le bon curé,
penché par-dessus sa chaire, l'œil exorbité et
les postillons pleuvant sur ses ouailles.

Moi, l'institutrice, j'aurais été très mal vue
d'y faire virevolter mes jupes.

Le mari de la grosse Bélanger, Antoine Bélanger,
exerce la fonction de mécanicien.
Il conduit la locomotive,
le métier le plus élevé dans la hiérarchie du train.
La notoriété du mari a rejailli sur l'épouse,
et la Grosse a pris en charge plusieurs bonnes œuvres.

J'ai pas le choix de l'accompagner, certains soirs
et chaque samedi après-midi,
à l'ouvroir de la paroisse.
On coud pour les indigents
en plus de fabriquer des ornements d'église.

Passionnant...

FREIGHT CAR

JUIN

À cause de cet après-midi satiné qui annonce l'été, la bibliothèque s'offre à moi comme un antre de fraîcheur déserté. Seuls deux jeunes gars occupent un poste internet. Je profite de l'absence de Ginette-la-Jaune – ses cheveux teints en blond ont la couleur de l'urine du matin – pour renouveler le présentoir de suggestions. Ginette et moi sommes en guerre ouverte ; en l'absence de l'une, l'autre se dépêche de balayer du revers de la main, et ce n'est pas juste une image, les livres suggérés par l'adversaire pour les remplacer par ceux dictés par ses préférences personnelles. Comme mes heures de présence sont inférieures aux siennes, les usagers de notre bibliothèque peuvent respirer. L'amour romance, la psychologie de cuisine, les flics voyous et les biographies de vedettes s'offrent à eux en quantité rassurante. Ils se farcissent, de temps en temps, le résumé au dos des bouquins que moi je leur propose, avec un soupir qui exprime leur hâte de revoir Ginette-la-Jaune dans les parages. Mon acharnement aurait pu me coûter ma job, si ce n'est que madame Blanchet, la technicienne en documentation responsable de notre succursale, se délecte de ce duel qui rehausse de temps en temps le niveau de sa bibliothèque sans qu'elle ait à se retrouver dans la mêlée. Ma mèrepsy est convaincue que madame Blanchet redoute au plus haut point de ressembler à l'image qu'on se fait, encore aujourd'hui, de la bibliothécaire typique. C'est pourquoi elle a teint ses cheveux en orange fluo, arbore des oreilles triplement percées, une pastille dorée dans sa narine droite, s'habille avec des vêtements hyper-moulants et se déshabille avec un décolleté dont la profondeur a contribué à l'augmentation de la fréquentation de notre bibliothèque par la gent masculine. Il n'y a que le parfum de tisane ou de fleurs pourrissantes qui émane d'elle, ça dépend des jours, qui la trahit. Ce qui est certain, c'est que je ne représente aucune menace pour elle. Nous sommes toutes les deux les affreuses du lot, même si un homme l'a remarquée, elle, au point d'en faire sa femme.

Après avoir mis un peu d'ordre sur les rayons, je musarde tranquillement entre ces rangées de rêves, avant de me préparer à rejoindre Audrey-Rose.

Un rendez-vous inattendu au bar du village, le lieu de nos excès de jeunesse et de notre complicité envolée. Un merveilleux hasard, car c'est dans ce bar que l'Enténébré prend son repos. En déambulant sur la rue principale, je l'ai aperçu à maintes reprises, assis à la même place, occupé à laver la fatigue de sa journée dans une fenêtre baignée par la lumière d'un après-midi en train de s'effacer.

Dans mon cas, me préparer signifie me donner un coup de peigne et remettre un peu d'eye-liner autour de mes yeux. Du vrai khôl en fait, que je me procure dans une épicerie maghrébine de l'autre côté de l'eau. Une habitude issue d'une amitié trop courte en deuxième secondaire avec une Marocaine qui s'appelait Rim. Elle était belle, Rim, d'une beauté qui aurait pu me faire sentir un misérable cancrelat à côté d'elle si elle n'avait été accompagnée d'une grande intelligence d'esprit et de cœur. Sans trop savoir comment, peut-être parce que dans notre petit monde son statut d'étrangère effrayait de la même manière que mon visage rebutait, notre situation d'outsiders nous a rapprochées et nous sommes devenues amies. Nous allions chez elle plancher sur nos devoirs et nos examens et durant la soirée, sa mère nous servait un thé à la menthe très sucré, longuement infusé dans une petite théière en argent tarabiscotée. Avec un mouvement d'une grande élégance, elle le faisait couler de très haut dans de jolis verres colorés. Sa famille a déménagé à Montréal et si Rim et moi sommes restées en relation par courrier électronique, j'ai fini par couper les ponts quand ma vie a basculé dans le choquant. Depuis, j'ai rejeté le bavardage high-tech.

Tant qu'à me distinguer,

autant le faire autrement que par mon sale portrait.

Je l'ai déjà dit.

Le khôl équilibre le contraste épouvantable entre ma peau blanche, mes cheveux roux pâle et la plaie vivante sur ma joue. J'ai renoncé au rouge à lèvres. Si par miracle je réussis à dénicher un spécimen dont la teinte s'harmonise avec la moitié grotesque de mon visage, l'effet «kit» recherché me paraît encore plus ridicule.

Trente pas séparent la bibliothèque et le bar. En conformité avec mes attentes, l'Enténébré est là, attablé à sa place habituelle, exhibant sans fausse modestie sa beauté obscure. Je pousse la porte du bar et il lève la tête à mon arrivée.

qu'est-ce qu'elle fout ici? c'est la première fois que je la vois dans cet endroit; elle a l'air déplacée dans ce bar sans ambiance même si elle a poussé la porte avec assurance;

– Hé, Stancie! lance quelqu'un du fond de la salle.

– Ouais, Stancie! Où t'étais passée? reprennent quelques autres buveurs, gars et filles confondus.

D'anciennes copines à moi, des habituées du lieu, toutes deux moulées dans un pantalon taille basse, le nombril à l'air, les yeux colorés et le rire sincère se ruent sur moi:

– Pourquoi tu nous as lâchées, Stancie? Tu te tiens dans un endroit plus classe? De l'autre bord du pont? Dans ta bibliothèque? me taquinent-elles.

Je suis un peu confuse de cet accueil chaleureux qui m'apprend que je peux manquer à des gens.

– Qu'est-ce que t'as à la reluquer, cette fille? T'as trouvé l'amour de ta vie? chuchote à l'Enténébré son copain de beuverie, tout juste à ma droite. Je le connais bien, ce type. Pierre-Olivier, qu'il s'appelle. Avec lui aussi, j'ai couché. Il a été mon premier. En fait, le premier avec qui j'ai fait ça dans les règles.

Le petit gros de service n'avait pas d'autre choix que de se taper le manche à balai à face marbrée de l'école.

Depuis, il manie la mort tous les jours avec ses grosses mains comme des serres.

Audrey-Rose a clairement exprimé sa rupture avec ses origines en choisissant une table à l'écart. Elle affiche le chic décontracté des nanas professionnelles qui puisent leur confiance dans leurs fringues de luxe.

– Bonjour, Constance! lance Pierre-Olivier en tendant la main alors que je frôle leur table. Hé! Je te présente? fait-il en se tournant vers l'Enténébré.

ce gros plein de soupe est juste assez subtil pour deviner que quelque chose me relie à cette fille;

– Salut, Pierre-Olivier, je soupire en lui tendant la main.

L'Enténébré lève le bras pour commander une autre bière et désespéré de me faire fuir, lance sans me regarder:

– Serre-lui pas la main, il est dégoûtant. Il fait le ramassage des carcasses d'animaux morts. Tu sens pas comme il pue la mort?

– J'ai des gants, pis des vêtements protecteurs, réplique Pierre-Olivier. C'est un métier sérieux. On en fait toutes sortes de farines pour nourrir les animaux.

En riant, je dis que bientôt, quand on ne pourra plus nourrir la planète, ils feront la même chose avec les cadavres humains. J'ajoute que j'ai lu un roman de science-fiction qui traite de ce sujet.

Sur moi, le regard bouleversé de l'Enténébré.

ce rire sarcastique détonne dans sa gorge enfantine;

criss! ce sourire pourrait être celui de Thomas;

Changeant de registre, il braque les yeux sur ma joue et le dédain que j'y détecte me fait bafouiller:

– Merci encore de votre aide, l'autre jour.

– M'en allais.

Il ne touche pas à sa bière qu'une serveuse vient de déposer devant lui. Puis il lâche quelques dollars sur la table et quitte sans rien ajouter, dans un grand silence chargé de l'incompréhension de tous. Dans mon dos, j'entends Pierre-Olivier échapper un rire gêné et quelques personnes se porter à mon secours.

– Hé, Stancie ! Viens donc boire un verre avec nous autres !

– Constance ! crie Audrey-Rose du fond de la pièce.

Une petite partie de ce village a fini par être solidaire de ma laideur. Lui-même, en tant que village, il a l'habitude d'être le laissé-pour-compte de la grande agglomération le long du fleuve, le bouton purulent et intempestif qui vient déparer une peau autrement parfaite.

La porte vient de claquer sur la haute silhouette de l'Enténébré.

je referme la porte sur sa copine qui crie, la smatte au fond du bar ; j'entends la même porte se rouvrir derrière moi, des pas légers s'attacher aux miens ; soudain, dans ma main, celle de la fille, une brûlure vive, qui m'oblige à m'arrêter et à me retourner ;

ses yeux dorés comme ceux d'un lion sont rivés aux miens ;

– C'est parce que je vous répugne que vous me fuyez ?

Il n'a pas le temps de s'inquiéter de ce qu'il va me répondre parce que déjà, je le lâche, me détourne et traverse la rue, bifurquant par le parc minuscule sans rien regarder des fleurs, de la fontaine, des gens sur les bancs qui broutent leur cornet de crème glacée, m'enfonçant dans l'air embrumé par les premières douceurs de l'été.

je distingue plus rien d'elle sauf sa silhouette de garçon mal nourri et sa chevelure couleur de miel sauvage qui se gonfle au rythme de sa course ;

depuis que je sais qu'elle existe, je veux pas que cette fille existe ;

ma fin d'après-midi est gâchée, autant aller boire chez moi ;

mon appartement me ressemble ; il est vide de tout ce qui pourrait suggérer un homme habité par lui-même ; ça ressemble à un désert, un désert tellement ancien qu'il ne se souvient plus de l'eau qui l'a peut-être déjà abreuvé ; un désert où même si la pluie revenait, plus rien reverdirait ; même les meubles figés dans une belle anarchie paraissent desséchés, recouverts d'une croûte de temps anonyme ;

à chaque fois que je referme la porte derrière moi, j'ai l'impression de la refermer sur la vie ;

dans la chambre, j'ai bâti mon royaume ; j'en ai tapissé les murs de livres ; la lecture m'a sauvé ;

et la grosse télé sur le mur allège parfois le silence des lieux ;

à côté du lit par terre, un tas de kleenex agglutinés ; ça me fait du bien de pomper ma souffrance et de l'écouler dans ma semence ;

ça aussi, ça a séché depuis longtemps ;

je vis si près de cette fille ;

Constance, qu'elle s'appelle ;

j'aime pas dire son nom, même juste dans ma tête ;

elle m'a vouvoyé, est-ce que je fais déjà vieux ?

•

Que de fois ai-je parcouru, dans un flou total, le chemin du retour à la maison, à cause des embruns de mes larmes.

Se peut-il qu'à vingt ans, je n'aie pas encore asséché les eaux dont la vie m'a pourvue pour pleurer ma différence, pour assumer ma *divergence*?

L'Enténébré m'a repoussée comme tant d'autres avant lui. Du déjà-vu. Pourquoi m'en désoler tant? Jamais il n'aurait dû m'extirper de ma voiture, venir à mon secours. La prochaine fois, je traverserai les rails juste devant la locomotive et mon pauvre corps, cette misérable armature qui me permet de me maintenir dans le terre à terre du quotidien, se fragmentera dans une explosion de métal hurlant.

Que mes os calcinés sur la voie.

La maison rose se dresse devant moi avec ses dentelles de bois.

– Constance! Espèce de folle! rugit Audrey-Rose derrière moi.

J'entre dans la maison et monte à ma chambre, Audrey-Rose sur les talons, ignorant toutes les deux les beuglements d'amour en provenance de celle de Sophie même si j'ai une pensée pour ma cousine, souhaitant que Simon ait appris à se contrôler. À l'époque, il déchargeait toujours trop vite. En plus d'enfiler les filles à sec. À quinze ans, un gars ne désire que prendre son pied et une fille, que lui faire plaisir.

Je l'ai été. Celle qui fait jouir. Pouvoir pitoyable.

Je referme sur nous la porte de ma chambre et vais ouvrir le dernier tiroir de ma commode, mon tiroir fourre-tout avec les souvenirs de ma vie-déjà-passée: bijoux de pacotille, matériel de scrapbooking – une idée d'Hélène! – produits de beauté inefficaces et piercings de nez, de lèvres, de sourcils, accessoires indispensables pour détourner l'attention de ma joue et même faire de celle-ci un atout dans cette mode où on ne cherche qu'à s'enlaidir.

Durant quelque temps, j'ai réussi à croire que je m'étais choisi le portrait.

Le cellulaire fait aussi partie de ce tiroir, épave technologique abandonnée au milieu des cailloux qui reposent là depuis le jour de mon arrivée ici.

Je les y ai mis à dormir en même temps que mon passé.

Audrey-Rose tire sur son pantalon, s'assoit sur le lit et, avec un soupir, me regarde soupeser les pierres en même temps que ma souffrance.

Ces pierres, je les ai amassées au fil de ma petite enfance et de ma première année d'école. À mesure que je me faisais regarder, pointer du doigt, je me suis mise à porter attention à tout ce qui portait des taches.

•

Il n'y a pas seulement les chiens qui sont marqués, mais aussi les oiseaux, les vaches, les chevaux, les roches, les champignons et même les arbres sur leur écorce, quand ils sont malades. « Est-ce que j'ai une maladie ? » je demande souvent à ma mère qui m'assure que non, sans pouvoir s'empêcher de lever les yeux au ciel. Dès que je sais un peu écrire, je dresse une longue liste de tout ce qui présente des taches ou des marques, y compris le mur de mon école et les vêtements du boucher.

Puis j'entreprends une collection de cailloux.

L'été, assise entre ma mère et mon oncle Tieu, sur une étroite bande de sable qui se faufile comme un tapis au milieu des galets, on regarde mon oncle Vent retirer tous ses habits, excepté son caleçon, et plonger tête première dans la rivière. Il est toujours le premier à l'eau. L'eau froide du début de l'été ne le rebute jamais. Il en jaillit avec plein d'éclaboussures pareilles à des rayons d'argent et son rire éclate, tout sonnant de lumière comme le soleil au-dessus de nos têtes. En principe, mon oncle Vent devrait être un oncle, mais il se comporte souvent comme un camarade de jeux. J'ai supplié ma mère de ne pas couper mes cheveux et de les laisser pousser pour qu'elle puisse les attacher en une tresse pareille à celle qui se faufile dans le dos de mon oncle Vent. J'ai aussi demandé à ma mère pourquoi je n'avais pas dans les joues, comme lui, des petits trous qui apparaissent soudain quand on sourit. Des «fossettes», m'a expliqué ma mère. D'après ma mère, les fossettes confèrent à mon oncle Vent un charme irrésistible.

La rivière brille et elle fait comme un gros collier d'argent à la forêt. Mon oncle Tieu fredonne en grattant sa guitare: «Au bord de la rivière, m'en allant promener, l'eau était si claire et le vent léger…» Mon oncle Vent revient vers nous après avoir attrapé deux bouteilles parmi celles mises au frais dans le courant de la rivière. Une pour lui, de la bière. Et une pour moi, de la limonade. «Tu pourrais penser aux autres!» grogne mon oncle Tieu qui dépose sa guitare et se lève pour aller chercher deux autres bouteilles pour ma mère et lui. J'avale quelques gorgées seulement de ma limonade parce que je suis très occupée à départager les cailloux amassés durant l'après-midi, séparant ceux qui me paraissent trop unis de ceux qui présentent des taches et des boursouflures. J'ai une préférence, je ressens un élan d’amour pur pour les plus mochetés, les irréguliers, les rugueux, les poisseux.

Mon premier été d’écolière en vacances s’écoule ainsi. À amonceler un tas de cailloux. On finit par me laisser en paix à l’école. «Tu nous le dis, Constance, si quelqu’un arrête pas de t’achaler. On va s’occuper de ça!» répète mon oncle Tieu. «Ouais, on va s’en occuper!» renchérit mon oncle Vent en fronçant les sourcils avec un air sérieux totalement inattendu. Puis tous deux éclatent de rire, de ce rire qu’ils échappent parfois et qui doit faire peur à quiconque me veut du mal, parce que même à moi, cette sorte de rire fait passer un agréable frisson d’épouvante dans le creux du dos.

•

À genoux sur le plancher de ma chambre, des cailloux plein les mains, je pleure sur la beauté tavelée de ma petite enfance. À travers mes sanglots qui font comme des écorchures dans ma gorge, je contacte le vide laissé par la perte de cet amour déversé sur moi par grands tombereaux. Je goûte ce qui m’en reste dans le salé de mes larmes et dans le gluant de la morve qui coule de mon nez, qui coule dans ma gorge.

Audrey-Rose se tient le corps raide, les mains sagement croisées dans son giron, mais les larmes roulent sur ses joues jusque sur son pantalon griffé.

Les fantômes du passé, et je peux de plus en plus les palper, reviennent prendre la place des morts-vivants du présent. Je le sens.

Mais à quoi, à qui dois-je rêver? J'ai si peur de rêver qu'on m'aime.

• • •

Trop peu de temps et d'énergie pour réfléchir même s'il n'y a rien d'autre à faire dans ce lit et dans mes moments de relative lucidité. Et une fois mes pensées installées, impossible de les déloger ou de les fuir. Comme des sangsues, elles collent aux parois de mon cerveau et en bouffent tout le dedans.

Je n'en finis plus de moisir dans mes pensées, piégée par ce lit saumâtre.

Hélène a fait un saut jusqu'à mon pied de lit sans s'approcher davantage – la mort, ce pourrait être contagieux – pour m'annoncer qu'elle avait loué le logement du hangar. Comme si le «table-chaise» du quotidien pouvait avoir un quelconque intérêt pour moi. C'est à elle qu'elle fait du bien avec ces considérations bassement matérielles. Mais le portrait qu'elle a tracé du nouveau locataire, un homme barbu, pas très grand, au caractère posé et dans la quarantaine avancée, m'a fait repenser à Mathieu, stimulant mes rêves en lambeaux de mourante.

Si je le lui avais demandé, Mathieu aurait-il accepté la mission de veiller sur toi? D'abord te surveiller de loin, puis attendre le moment opportun – mais qu'est-ce qu'un moment opportun? – pour s'approcher de toi et pour tenter de renouer?

Il t'aimait tellement, cet homme à la fois accessible et mystérieux, réconfortant et imprévu. Il me faisait penser à un clair-obscur et lorsqu'il se tenait immobile, perdu dans ses pensées, on aurait dit une sculpture modelée par l'ombre et la lumière.

Le premier sourire depuis des semaines fendille mes lèvres alors qu'il n'y a que le plafond pour le recevoir.

De nouveau obnubilé par toi, comme quand tu étais petite, il se serait efforcé de me le cacher durant ses visites à mon chevet. Ce qui ne m'aurait pas empêchée de lire son intérêt grandissant pour toi dans le bleu de ses yeux.

Un bleu qui aurait vibré de plus en plus à mesure qu'il se serait incrusté dans ton sillage, qu'il t'aurait redécouverte.

Me retrouvant en toi.

Et y retrouvant Thomas.

• • •

Parce que Bingo en a ras la truffe de sa condition de chien attaché, il converse avec tout ce qui bouge ou fait du bruit. Il aboie pour les humains, bien sûr, mais il cause aussi aux avions, aux corneilles, et répond aux cloches de l'église et au sifflet des trains par de longs hurlements. Je reviens d'une visite à ma mère moribonde et un train de marchandises traverse l'humidité du soir en saturant l'air avec l'écho de ses lamentations. En réponse, Bingo hurle à la mort. Tristement de circonstance. Pouvoir hurler avec lui me soulagerait de tout ce qui fermente dans mon dedans. Mais on m'enfermerait chez les fous. Ou Hélène me jetterait dans le puits, une pierre autour du cou, où se trouve peut-être la seule place que m'a réservée ce monde.

Ce soir, je participe à l'Heure des Chiens.

Petits ou grands, teigneux ou pomponnés, ils se faufilent dans les rues du quartier sauf Bingo, attaché pour l'éternité à sa galerie, d'où son mal-être. En meute silencieuse, juste avec le froissement de leur souffle, ils se dirigent vers la gare, trottant devant moi, derrière, ou à côté, se mêlant aux badauds sur le quai, tous appelés, tous mélangés, pour saluer le grand train océanique. Les Anciens du train sont là, eux aussi, qui gavent les chiens de gâteaux Mae West. Le tracteur, ses vieux chariots remplis de tout le barda des voyageurs, a déjà pétaradé jusqu'à l'extrémité du quai et il attend, en enfant sage, le fourgon à bagages.

Déjà au loin, le phare de la locomotive perce le mince rideau de brouillard qui flotte au-dessus de la voie ferrée. Tel un ovni au ras du sol, la locomotive fonce droit sur nous tandis qu'au passage à niveau à côté, des jeunes traversent et retraversent devant l'œil éblouissant de la mort, défiant le sort à pied, en vélo, sur des planches à roulettes, quelques chiens autour d'eux leur faisant la fête.

Le train arrive et son cœur géant palpite sous nos pieds. Le sifflet assourdissant, la stridulation des freins obligent les mains à se plaquer sur les oreilles. Un sourire quand même pour ces tonnes d'acier qui maltraitent la nuit et nos tympans. Un court arrêt de la locomotive devant la gare, un changement de mécanicien, un frémissement le long de l'échine de la bête, puis le train repart pour s'immobiliser, pour de bon, juste avant la traverse de la rue des Belles-Amours, ses wagons positionnés tout le long du quai sur près du tiers d'un kilomètre. Les portes s'ouvrent enfin, les marchepieds se déploient, et certains passagers sortent pour se déplier la carcasse ou pour fumer alors que d'autres, disséminés le long du quai, montent à bord pour prendre possession de leur siège ou, pour les plus fortunés, de leur chambrette. Les contrôleurs échangent blagues et banalités avec les natifs avant qu'un signal occulte, compris d'eux seuls, les fasse remonter à bord, les passagers à leur suite, les marchepieds se recroquevillant derrière eux. Là, arrive le moment que je préfère. La gare suivante ayant été condamnée, notre station s'est transformée en cul-de-sac.

La ferraille frissonne.

Et le train repart.

À reculons.

Il commence par rouler doucement, son phare tout faiblard, inutile, parce qu'il n'éclaire que les rails qu'il a déjà chevauchés pour venir à notre rencontre. Puis le train s'emballe et comme fou, il regagne, cul devant, en aveugle pétri de confiance ou d'inconscience, la nuit d'où il a jailli.

Ses wagons défilent. La locomotive en toute dernière place.

Soudain, le phare reprend son intensité maximale avant de disparaître dans le néant. Son dernier adieu aux riverains.

J'ai aperçu l'Enténébré près du passage à niveau. Des jours ont passé depuis la scène déplaisante au bar du village. Lui aussi, il a regardé le grand train défiler avec ses wagons éclairés. Ceux-ci ont abandonné derrière eux une empreinte lumineuse semblable à celle laissée par une comète.

Je quitte la gare, pleine de ma vie chaotique.

Ma vie comme un train.

Un train avec ses wagons en désordre et privé de sa locomotive.

•

L'Enténébré traverse le village. Par à-coups. En lambinant, puis en se pressant. Un dessein en tête, sans doute, qu'il hésite à mettre à exécution. Rien d'autre à faire que le suivre de loin. Je ne supporte pas la nausée qui me soulève le gorgoton à la pensée de retourner vers la maison rose. Surtout que Martine s'y prélasse, offrant Merveille à l'adulation d'Hélène et de Sophie qui doivent roucouler, répandre des fleurs et secouer l'encensoir autour d'elle. C'est au-dessus de mes forces de participer à ce tableau de famille, ou même d'y assister en spectateur. Hortense, neutralisée par l'alcool, doit ronfler doucement dans le fauteuil de sa chambre.

Dans ces moments-là, j'erre par les rues. Comme ce soir. « Un jour, tu feras une vilaine rencontre ! » prophétise Hélène sur un ton qui démontre que cette mise en garde représente en réalité un de ses vœux les plus chers. Avoir raison constitue une priorité qui lessive toute autre considération chez Hélène. Même si dans ce cas-ci, elle n'y croit pas vraiment.

Que je pourrais me faire agresser.

Une silhouette d'adolescent chétif, ça ne fait pas bander, sauf les pédés, mais je pourrais jurer sur la tête de ma mère moribonde qu'Hélène ne croit pas en l'existence de cette sorte de monde dans notre quartier. Surtout, elle n'est pas idiote, elle sait que moi, avec mon masque d'Halloween, je pourrais faire hurler de peur n'importe qui. Dans notre petite ville, il existe pourtant un endroit où les hommes qui aiment les hommes peuvent rencontrer leurs semblables.

Le Parc de la Rivière. Vers lequel se dirige l'Enténébré, avec moi dans son sillage. Hélène est incapable d'imaginer que je suis assez tarée pour aller rôder là, en pleine nuit. C'est reposant, parfois, le manque d'imagination des gens.

Avec les échangeurs et le viaduc au-dessus de l'autoroute, je reçois l'illumination ultime avant les ténèbres du parc. Ensuite la nuit, les embruns et les arbres complotent pour cacher ces hommes qui agglomèrent leurs corps en cachette.

La distance a diminué entre l'Enténébré et moi. Je ne veux pas le perdre de vue même si je me doute bien de ce qu'il va faire à cet endroit, à cette heure. Je devine qu'il va y perpétrer ce que j'y ai déjà perpétré moi-même dans le pire extrait de mon scénario de vie.

•

J'ai quatorze ans. L'époque invivable où je n'ai pas encore pactisé avec mon sale portrait. En rigolant, les garçons me suggèrent d'aller bosser dans un cirque. À côté des filles de mon âge, des ultrafilles, je cultive avec férocité mon allure garçonnière. Inutile de tenter de les imiter. De toute façon, dans ma tête et dans mon dedans, je n'ai rien d'une nénette. À la sortie de l'école, avec un élégant mouvement de leur tête pleine de courants d'air, les ultrafilles rejettent en arrière leur chevelure bariolée et ricanent comme des hyènes. Je n'ose imaginer ce qu'elles vomissent sur mon compte dès que j'ai le dos tourné. Plus rarement, certains gars me lancent des roches, ils essayent de me lapider, un mot qu'ils ne comprendraient pas, visant ma joue gauche sous prétexte de la rendre semblable à l'autre. Le plus souvent, avec Rim et Audrey-Rose, nous leur retournons les roches et les insultes avec. Je n'ai évidemment pas encore couché avec aucun de ces salauds et je ne vois pas le jour où ça pourra m'arriver. Il ne me vient pas encore à l'esprit qu'il suffirait que j'écarte les jambes pour que l'on passe l'éponge sur ma face de carnaval.

Et un matin, pour mieux m'enfoncer dans la haine de mon corps, j'ouvre les yeux sur une nouvelle monstruosité de ce corps : les « monstruations », comme je me plais depuis à nommer ce rituel sanglant. Elles sont apparues de nuit, comme un mauvais coup, une méchante blague à mon endroit.

L'empreinte du sang n'en finira donc jamais de dominer ma vie entière ?

« Je saigne ! » que je hurle ce matin-là, poisseuse dans ma robe de nuit et mes draps maculés. J'ai beau savoir de quoi il s'agit, le retard dans la consécration de ma condition de nénette, ma dégaine de garçon manqué ont entretenu chez moi l'illusion que j'échapperais peut-être à cette calamité.

À chaque mois qui s'amène, je saigne comme un porc qu'on égorge et j'en viens à me convaincre que le sang emprisonné dans ma joue finira peut-être par se tarir. Dès lors, à chaque monstruation, je cours, je saute à la corde, je m'engloutis dans des bains brûlants dans l'espoir d'évacuer tout ce sang qui fermente à l'intérieur de moi. Mais les hémorragies se succèdent à chaque mois sans que s'allège la *divergence* sur mon visage.

Nul doute, à l'intérieur de ce corps efflanqué, une tumeur prospère depuis ma naissance.

Mon âme. Mon âme de sang.

Elle se sera juste annoncée par ce débordement hideux sur ma joue.

Comme je n'ai plus rien à perdre avec ma face laitte, mon corps de gamin et mes entrailles bouffies de sang, je décide de tenter ma chance du côté du parc. Avec ma silhouette de garçon comme appât, je pourrai peut-être intéresser ces hommes. Je pourrai clamer qu'au moins une fois, on m'a baisée, qu'importe l'orifice !

Ce corps androgyne, mais aussi cette aberration sur ma joue, en excitent plusieurs. Ceux qui aiment prendre leur pied avec une sorte de monstre. Je me tape un type, à deux reprises.

Ni désir. Ni plaisir.

Mon second essai dans la pratique de l'amour se déroule avec une capote et un hétéro, Pierre-Olivier, le même qui accompagnait l'Enténébré au bar. Dans le stationnement du parc, à l'arrière de sa voiture, je saigne un peu, mais moins. Moins de douleur aussi et l'assurance que ce saignement, loin de me marginaliser, m'autorise à rejoindre les rangs des nénettes de mon siècle.

« Qu'est-ce qu'elle a de si pire, ta joue ? » qu'il me demande, Pierre-Olivier, comme une déclaration d'amour lors de nos rencontres ultérieures. Nul doute, le choix de son métier, quelques années plus tard, est lié à son expérience avec moi.

Il a développé une addiction à la chair avariée.

•

Je ne dois pas retomber dans ces pensées-là. Comme les halètements d'une vieille locomotive à charbon, ça commence par des petits nuages noirs qui traversent ma tête d'une oreille à l'autre, puis ça devient un souffle continu avant de finir en tempête d'obscurité.

Je renonce à suivre l'Enténébré dans le bois. Une silhouette est venue le rejoindre et ils parlementent un court moment. Avant de s'enfoncer sous les arbres, l'Enténébré se retourne, fouillant la nuit avec ses yeux qui vous avalent comme la gueule d'un puits, devinant mon errance derrière lui, s'excusant peut-être.

autour de moi, quand j'étais gamin, on disait que mon père me manquait ; on disait que je recherchais la compagnie des hommes ; c'est vrai que je suis tombé en amour avec l'un d'eux ; je voulais tout le temps être avec lui ; je désirais son corps comme une grande peau chaude autour de moi ;

tout ça a très mal fini ;

depuis ce temps, je baise avec des hommes même si j'ai diminué la fréquence ces derniers mois ;

c'est cette fille giflée en permanence qui me ramène ici, ce soir ;

peut-être la fille de Thomas ;

je veux pas qu'elle existe ;

un méchant clin d'œil du passé ;

•

Je suis couchée en chien de fusil sur un banc.

En dalmatien de fusil.

Dans un parc, il y a des bancs de parc. Inoffensifs, charmants, ils s'accordent avec la détente, la flânerie du dimanche ; ils offrent repos aux jeunes mères avec leur poussette ; ils accueillent la ligue du vieux poêle, ces hommes retraités, assis en ligne, qui jasent du bon vieux temps ; ils permettent aussi aux femmes seules d'aérer leur ennui.

Mais pas à cette heure de la nuit.

Sauf pour les amoureux qui se bécotent sur les bancs publics... bancs publics... bancs publics...

Je m'arrache à l'ombre pour subir de nouveau l'illumination grâce à l'autoroute et à ses échangeurs, ces béatifiés de la modernité. Après une promenade de trois minutes sur le béton du viaduc, je réintègre le village paisible et déjà endormi. Comme moi, ce village survit hors du temps. Les cyclistes y roulent sans casque, les citoyens y allument des feux de feuilles à l'automne, les cordes à linge y décorent le vent, les enfants y font, le soir, un dernier tour de vélo en pyjama, et les chiens en liberté y regardent défiler le grand train océanique. Ce village me soustrait à tout ce qui fait du bruit, va trop vite, fait courir, travailler fort, dépenser gros, voyager loin, sans un bout de sens à mettre là-dessus.

J'ai besoin d'un sundae au caramel, avec la saveur d'amour que Marielle va mettre dedans. Le café ne ferme pas ses portes avant onze heures, même s'il ne s'y pointe que de rares clients en fin de soirée. Ceux qui se présentent y viennent pour profiter de Marielle, pour avaler sa bienveillance potelée comme ils avaleraient un antidote contre la vie carrée dans laquelle ils ont été cloués.

– Tiens, ma cocotte, me dit-elle, en passant une main dans mes cheveux, après avoir déposé le dessert devant moi.

Je l'avale à toute vitesse pour me remplir les intérieurs, par peur de me fragmenter en sanglots, de me précipiter sous sa jupe et de me cacher là pour y brailler jusqu'à la fin des temps.

Ma fringale satisfaite, je vais payer à la caisse, puis m'étirant par-dessus le comptoir, je plaque un bec sur la joue fanée de Marielle.

Un regard de regret pour son ample jupe dont un des plis aurait pu me dissimuler tout entière.

Sur le trottoir, une automobile ralentit à ma hauteur, escorte menaçante que je m'empresse de distancer jusqu'à ce que retentisse la grosse voix de Pierre-Olivier qui a étiré son corps rondouillet jusque du côté passager.

– Hé, Constance ! C'est jusse moi !

Il ouvre la portière et j'embarque.

•

Deux heures du matin et je suis assise sous la galerie couverte de la maison rose, à l'abri de l'humidité de la nuit que j'entends suinter des arbres et des toits. Elle recouvre aussi d'un voile mouillé la Honda qui dort dans la ruelle. Le locataire, lui, ne dort pas. Les fenêtres au deuxième étage du hangar expirent une lueur orangée comme si son occupant s'adonnait à quelque cérémonie satanique. L'envie me prend de gravir l'escalier et d'aller comme ça, au creux de la nuit, frapper à sa porte pour faire un brin de causette et tromper la solitude qui a pris une grosse mordée dans la masse sanguinolente de mon dedans. Ma joue saignera, c'est sûr, dans les prochains jours.

Au même rythme que les battements de mon cœur, mes sandales claquent sur les marches de l'escalier pour m'annoncer. Comme rien ne bouge derrière les rideaux, je tapote sur la vitre, effarée par ma propre audace, car en dépit du bon sens, ma main tourne doucement la poignée de la porte qui s'ouvre sans résister. Une odeur de tabac me prend à la gorge malgré les fenêtres entrouvertes. Hélène a abdiqué et le laisse fumer dans le logement ? Toute une nouveauté de sa part ! Un bref survol de la pièce m'apprend qu'elle est déserte, jusque dans la petite toilette dont la porte ouverte montre que personne ne trône sur la cuvette ni ne se lave dans la douche au rideau replié.

Le bar d'à côté ne ferme sa porte qu'à trois heures du matin.

Je me sens bien dans ce lieu exigu. Les parfums d'homme seul qui y stagnent brassent mon passé et affolent mes souvenirs. Que des odeurs de poudre, de savon, de parfum, de crème pour le corps et de produits nettoyants dans la maison rose.

Ici, des vêtements à la traîne, un lit défait, une poubelle qui déborde et sur la table, deux bouteilles de bière vides, un paquet de cigarettes et un livre d'enfant.

Les 101 dalmatiens.

Avec mon nom dedans.

Ma première initiative d'écriture toute seule. J'avais voulu écrire mon nom dans un livre lourd de sens pour une petite fille tachetée.

Je m'empare du livre et le cache sous mon t-shirt même si autour de moi, il n'y a que le désert de la nuit pour me surprendre.

Ce livre est comme un gage, une pièce à conviction heureuse.

Je referme avec douceur la porte derrière moi.

En redescendant, mon cœur cogne plus vite et plus fort que mes pas furtifs dans l'escalier.

Je me sens légère, euphorique, saoule de l'allégresse d'avoir retrouvé quelqu'un pour m'aimer. Mais je ne le démasquerai pas. Pas tout de suite. Question de lui compliquer un peu les choses après son long silence des dernières années. Je profiterai de chacun de ses pas vers moi, de chacune de ses tentatives pour s'approcher de moi. Je le laisserai marcher à moi. Je le laisserai se décarcasser pour moi.

J'entre par la cuisine. Sur la table en bois, m'attend une carte postale d'Audrey-Rose en provenance de Paris, avec le canal Saint-Martin dessus. Question de m'en mettre plein la vue, à moi la péquenaude de service. Pour Audrey-Rose, n'importe quel ailleurs est préférable à sa contrée natale. « Mépriser ses origines, c'est se mépriser soi-même ! » déclarait ma mèrepsy, elle qui m'a pourtant arrachée à mes origines avant de mettre une dalle de béton par-dessus.

Je remarque un tablier d'enfant, accroché au dossier d'une chaise, et de minuscules espadrilles roses abandonnées sur le damier du plancher de la cuisine. Ce soir, Martine dort à la maison avec Merveille. Après un soupir de dalmatien, je rejoins le vieil escalier.

Je passe devant la porte d'Hélène qui ronfle doucement – elle en est toute mortifiée lorsqu'on s'en plaint –, je descends les deux marches, ouvre la porte de ma chambre et reste là, stupéfaite, à contempler Martine et Merveille qui roupillent dans mon lit, leurs bagages éparpillés, vomissant leurs vêtements haut de gamme sur le plancher. J'ai peur qu'il ne soit contaminé par capillarité.

Il y a pourtant la chambre de ma mère qui est libre.

Le message est aussi clair que les yeux transparents d'Hélène. J'ai intérêt à occuper mon territoire, à rentrer pour la nuit, si je ne veux pas me faire voler ma place. Hélène peut tout tolérer, approuver, encourager si elle garde son pouvoir sur la maisonnée : Faites tout ce que vous voulez ! À condition que ce soit sous mon bras protecteur et mon œil scrutateur !

À preuve, elle se délecte des accouplements de Sophie sous notre toit.

En faisant le moins de bruit possible, je dissimule *Les 101 dalmatiens* sous une pile de chaussettes dans le deuxième tiroir de ma commode, puis je me faufile par la porte au fond de la garde-robe côté sud, un passage secret qui donne accès à ce qu'il reste du grenier au-dessus de la cuisine après qu'on y ait aménagé ma chambre. La pente du toit empêche de s'y tenir debout parce qu'on a utilisé la partie la plus haute des combles pour ma chambrette déjà pas très élevée de plafond. Ce grenier tout en planches brutes me permet de toucher du doigt la texture de mes souvenirs et de renifler leur odeur. Il se fait l'écho de la cabane en planches que l'oncle Vent avait bâtie pour moi dans les arbres.

•

Par un beau soir de juin, ma mère, mes oncles et moi, avec une thermos d'Ovaltine chocolatée, on emménage dans les arbres pour y passer une partie de la nuit.

La cabane permet de surveiller à la fois les bois et les champs.

Mon oncle Tieu gratte sa guitare en chantant tout bas : «Il y a longtemps que je t'aime, jamais je ne t'oublierai...»

La nuit tombe et avec elle, le serein. Pas le petit oiseau jaune, m'a expliqué ma mère, mais cette espèce d'haleine froide qui mouille le gazon et les chaises de parterre. Ma mère m'emmaillote dans une couverture de laine et je contemple, tout ébahie, les lucioles qui apparaissent dans les prés fraîchement fauchés et dans la forêt d'où elles me font des clins d'œil de lumière. L'air scintille, saturé qu'il est par toutes ces bestioles, et on craint d'en avaler par mégarde en prenant une grosse respiration.

Cette nuit-là, des nuées d'étoiles tombent du ciel et tentent de prendre racine sur terre, tapissant de brillance les sentiers dans la fardoche.

À notre retour vers la maison, j'exécute toutes sortes d'acrobaties pour ne pas les écraser avec mes espadrilles. Pas même une. Je souhaite bien trop les voir me transpercer de milliers de petits trous, coloniser mon corps, pour que la petite fille qui va devenir vilaine aux yeux du monde, se remplisse de lumière et éblouisse les gens au point qu'ils ne distingueront plus sa *divergence*.

•

Une seule fois, j'ai tenté de recréer la nuit des lucioles en parsemant le grenier de lampions allumés. Lorsque je les ai soufflés, l'odeur a trahi ma fabuleuse mise en scène, incitant Hélène à franchir le passage secret au fond de la garde-robe. Cette nuit-là, victime d'insomnie, elle s'était relevée pour s'asseoir à sa coiffeuse antique et enduire de crème ses longs doigts d'albâtre, une activité qui, semble-t-il, la calme plus que toute autre.

«Elle va toutes nous faire cramer!» a-t-elle hurlé en allumant la lumière du grenier et en parcourant le plancher à quatre pattes, à la recherche d'une étincelle ou d'un bout de bois noirci qui annoncerait un début d'incendie. Un spectacle qui en valait la peine.

Si là-bas, les planches ajourées de la cabane laissaient passer le cri des engoulevents dans la nuit, ici, le grenier étanche me protège de la folie du dehors pour mieux permettre de cultiver la mienne au-dedans. Seul le sifflet des trains réussit à franchir la petite ouverture grillagée dans le faîte du pignon. Souvent, je me réfugie là, la nuit, pour mater les peurs et les cauchemars qui m'assaillent quand, en me mettant au lit, je me laisse submerger par ma vie de nénette manquée. Même l'hiver, je conserve des vêtements chauds dans ma chambrette au cas où j'aurais à déménager mes angoisses dans le grenier pour qu'elles y crèvent lentement de froid.

Aujourd'hui, en dépit de la pluie qui s'est mise à tomber, la tiédeur de l'après-midi subsiste dans ce lieu qui diffuse des odeurs de poussière d'un autre siècle. Couchée sur le dos, je me blottis dans une obscurité aussi confortable que celle d'un utérus. Il y manque l'humidité.

Même juchée dans les hauteurs de la maison, le puits me convie dans ses ténèbres abyssales.

•

J'ai rebroussé chemin à travers la garde-robe, la chambre, le long du palier bordé par la balustrade et je m'engouffre dans la chambre de Sophie, espérant la trouver seule.

Je ne peux dormir dans la chambre de ma mère. C'est comme si j'agonisais avec elle.

Sophie roupille dans la position du fœtus, avalée par un sommeil miséricordieux. Un sommeil sans rêve d'avenir puisque sa mère lui a volé le sien depuis sa naissance.

Une femme toute menue, ses ailes immenses déployées, s'apprête à s'échapper du carnet de croquis ouvert sur la table de chevet.

Je me glisse tout contre Sophie qui n'est plus qu'une masse inerte, une marionnette inanimée parce que l'ogresse n'en tire plus les ficelles. Je l'aime bien, Sophie, quand elle est comme ça, vidée des ambitions de l'autre.

Je me blottis contre elle, surprise de découvrir la chaude onctuosité d'un corps de femme dans une maison de fifilles d'où la tendresse a été singulièrement absente.

Juste le temps de revoir les fenêtres jaunes du hangar, puis je disparais dans le sommeil, emportée aux confins de la terre par Morphée et ses ailes ultrarapides.

Du fond de mes rêves, des coups sonores retentissent. Ils proviennent du puits. Je les entends par-dessus l'averse qui martèle le toit de métal au-dessus de ma tête. Une vapeur visqueuse comme du goudron s'échappe d'entre ses pierres et par les fentes du couvercle qui grince en basculant.

Un souffle noir explose, faisant pâlir la nuit tout autour et enfumant la maison rose.

•

Une fois de plus, les grenouilles de bénitier
ont fini par ranger leurs beaux ouvrages.
On doit faire un arrêt au magasin général.
Presque plus de farine et de sucre,
et demain, dimanche, Antoine sera là,
ce qui n'est pas la coutume tous les dimanches.
La Grosse a dans l'idée de lui faire une tarte au sucre.

Le magasin général, c'est un heureux détour
avant mon retour en cage.
Comme mes élèves,
je ne vis plus que pour les récréations.

Après avoir mis nos chapeaux,
on sort dans une belle fin d'après-midi parfumée
et c'est comme si je recevais un coup sur la tête.

Mes pensées m'étourdissent
et me semblent sans limites
dans la brise chargée d'humidité qui vient de la rivière,
à l'opposé des installations ferroviaires.

Pas de poussière de charbon dans ce vent qui annonce l'été.

La rivière...
Elle aussi décriée par ce con de curé.
Les jeunesses y vont pour se cacher dans ses frondaisons.
Vivifiés par les embruns de ses chutes magnifiques,
ils se laissent aller à des plaisirs coupables.

On appelle le chemin qui mène à ce lieu,
le rang des Belles Amours...

Mais quelque chose d'autre enflamme l'atmosphère
et échauffe mon sang.
Une clameur, des cris pas très loin,
des rires.

On quitte le parvis de l'église
et on aperçoit aussitôt
un attroupement de jeunes hommes au coin de la rue.
– Hey ! les farmers ! On a des bons jobs for you !
Du cash for you !
C'est un grand gars qui gueule, plutôt beau garçon,
vêtu d'une chemise propre,
d'un gilet et d'un veston bien coupés.
Je le reconnais,
c'est le foreman qui n'est pas de ma religion.
Il pointe du doigt trois autres jeunesses
dont les habits modestes
dénotent une condition plus pauvre.
Sûrement des fils d'agriculteurs, je pense.
– Mais moi, je veux pas avoir l'âme aussi noire que
le charbon sus ta face ! réplique un des trois.
– Je me lave, moi, après la job, parce qu'on a l'eau
qu'y arrive dans toutes les maisons icitte,
pis l'électricité, pis des magasins
où on a tout c'qu'on veut !
réplique un autre gars aux côtés du foreman.

La Grosse chuchote :
– Restons de l'aut'bord de la rue.
Encore c'te rivalité entre les
jeunesses d'ici et les jeunes cultivateurs !
Les ouvriers du chemin de fer
ont des bons salaires et ça les rend vaniteux !

Quelques insultes fusent encore de part et d'autre,
puis tous ces gars s'empoignent
et commencent à se porter des coups.
La Grosse hâte le pas
autant que le lui permet sa corpulence.

Moi, je reste là.
Une formidable envie monte dans ma gorge,
une envie de rire, bien clair et bien haut
dans la brise embaumée qui souffle sur mon sang,
et le fait circuler plus vite.
Entre deux coups,
le foreman me lance des œillades fanfaronnes.

La bagarre est bien enclenchée.
Les passants s'attroupent,
grisés par les promesses de l'été à venir,
par cette échappée qui leur permet d'oublier
leur gros labeur, leurs devoirs religieux,
leurs morts trop jeunes et les humeurs sombres
qui montent de la lointaine Europe.

Une silhouette noire surgit.

La soutane froufroutante,
le mautadit curé fend la foule des badauds.
À grandes volées de taloches,
il sépare les combattants
comme s'il s'agissait de vulgaires gamins mal élevés.
Le curé Gagné est respecté,
sinon craint de ses brebis.
D'une main de fer,
il tient ses paroissiens.
À le voir, grand et droit comme un piquet,
la face aussi carrée qu'une boîte à bois,
moi aussi, je redoute son courroux.

Il faut pas que le curé remarque mon intérêt
pour une scène que j'aurais pas dû regarder.
Je rejoins la Grosse qui me jette un regard
comme une réprimande.

Il commence à pleuvoir.

À la maison, j'aide à ranger
les provisions dans la dépense.
Michel, un des journaliers, arrive tout essoufflé :
– Y ont trouvé trois bums dans un convoi
de l'Océan Limité !

TANK CAR

JUILLET

Ce samedi, un faisceau de lumière tiède m'éveille, délavant les couleurs des meubles et des livres entassés dans ma chambrette. Une brume matinale s'est faufilée par la fenêtre. Elle ne durera pas, parce que déjà, un souffle chaud venu de loin, venu du sud, fait frétiller les fleurs sur les rideaux en percale. Des voix montent de la cuisine, sous mon lit. Je reconnais les grognements moroses de Sophie, le discours intermittent d'Hortense et le bavardage incessant d'Hélène, ce babil d'adolescente ingénue qu'elle emprunte lorsqu'elle se trouve en présence d'un homme. Car la voix pleine et chaude d'un homme agrémente le caquetage habituel du matin. Mon oncle Tieu déjeune avec elles.

L'aiguillon de la jalousie finit par me réveiller complètement. J'enrage à l'idée de le partager avec elles. Comme prévu, nous nous sommes rapprochés, lui et moi, flânant ensemble dans l'escalier, sa place favorite pour en griller une. Ces moments ont apaisé mes intérieurs comme une pommade doucement apposée sur la plaie de mon dedans, comme sur celle de mon visage. Il parle peu, mais son cœur accueille la folie de mon esprit et, dans le langage de son corps, je sens son acceptance du mien.

Toute une nouveauté, ce consentement d'Hélène à l'intrusion dans notre petit monde d'un étranger «qui n'est pas issu de notre milieu». Surtout lorsqu'il s'agit de quelqu'un que je trouve sympa, moi. Qu'elle ne ressente pas le besoin de le dénigrer, alors qu'elle s'emploie à le faire à l'endroit de toute personne ou de toute chose qui m'intéresse, me laisse perplexe. Dès les débuts de notre vie commune, Hélène a endossé la mission de me faire douter de mes choix, de mes goûts et de mes amis. Il est quasi impossible que nous ressentions de la sympathie pour la même personne.

Aussi incroyable que cela puisse paraître, mon oncle Tieu a réussi à s'implanter chez nous. Il a même subi avec succès le rituel de passage d'Hélène, celui de son étui à photos, l'ennuyeux résumé de son existence convenue. Il a regardé les clichés, écouté Hélène magnifier sa vie, avec un stoïcisme et une courtoisie qui m'ont sidérée.

Heure par heure, jour par jour, il s'est adjugé un morceau d'espace dans notre maison, espace que par la suite, on l'a tacitement incité à agrandir et à occuper à sa guise. Déplacer les bacs à poubelles, porter les sacs d'épicerie, déprendre les draps enroulés autour de la corde à linge, il a commencé son intégration en rendant ces menus services à Hélène. Au fil de ces petites galanteries du quotidien, il a fini par s'acquitter de corvées plus importantes, comme retirer les portes à clenche et les châssis doubles pour les remplacer par leurs sosies en moustiquaire, nous dispensant d'engager quelqu'un pour exécuter ces travaux. Ensuite, sa présence dans le galetas du hangar a coïncidé avec le gazon à tondre et les traitements contre les pucerons sur les rosiers d'Hélène.

Mon oncle Tieu a aussi solidifié la rampe de la galerie et ajusté la porte extérieure de la véranda qui avait la fâcheuse habitude de se coincer par temps humide.

Fort heureusement, Hélène n'a pas encore deviné de qui il s'agissait. Sinon, elle l'aurait déjà mis à la porte.

Mon oncle Tieu prétend s'appeler Jean-Loup.

Et les imbéciles qui vivent ici ne savent pas qu'il est là pour moi.

•

D'un côté, la porte moustiquaire laisse entrer la chaleur réverbérée par le plancher de la galerie grillée par le soleil ; de l'autre, une porte ouverte sur la véranda vitrée, encore fraîche de la nuit, souffle une ombre mouillée jusque dans la cuisine.

Hélène est en route vers l'épicerie, Sophie s'est enfuie depuis longtemps à son club de gym – choisir de se mettre en conserve et de s'éclairer au néon alors qu'il fait si beau dehors ! Mais Sophie ne choisit pas. « Tu dois garder la forme, Sophie, professe Hélène, comment peux-tu être une ambassadrice du chic-décontracté-bien-dans-sa-peau si tu ne fais pas attention à toi ! »

Quant à Hortense, elle est retournée dans sa chambre et s'est abandonnée à son petit somme d'après déjeuner. Son calendrier dévoilant la date du quinze, je lui ai installé son petit sapin de Noël sur sa commode en acajou. Dans les prochains jours, je devrai penser à me procurer une surprise pour elle. Si elle le souhaite, je l'aiderai tantôt à s'installer sur la galerie, car Hortense n'a aucune difficulté à faire coexister la date indiquée sur son calendrier de l'Avent avec le soleil qui chauffe ses vieux os sur la galerie revêtue de fleurs.

Pour le moment, j'ai la grande cuisine blanche pour moi toute seule.

Je fais griller une tranche de pain et couler un espresso allongé. Une autre carte postale d'Audrey-Rose, reçue hier – Venise, cette fois, pour exacerber mon penchant pour l'eau – fait une tache de couleur sur la table de bois foncé.

Encore un rappel de ma sédentarité, une accusation portée contre mes voyages à moi, ceux que je fais dans ma tête, et qui n'ont pas la cote.

En l'absence des autres pour me sermonner sur mes mauvaises manières, j'enfourne en trois bouchées ma tartine de confiture et vais renifler la douceur de l'air sur la galerie embaumée par la corbeille de pétunias mauves suspendue sous son toit. Je finis par me laisser tomber dans une chaise d'osier au coussin fatigué. J'aime bien me prendre pour une grande dame qui se désœuvre sur sa terrasse. Aussitôt, j'entends des pas marteler l'escalier du hangar. En vain, je guette l'apparition de mon oncle Tieu à l'angle de la maison. Comme rien ne se passe, je vais jeter un œil tout au bout de la galerie.

Mon oncle Tieu, une tasse de café entre les mains, est assis sur le couvercle du puits.

Au-dessus de ma tête, le carillon éolien égrène sa mélodie magique.

Et je vois comme une invitation personnelle dans le choix du lieu où il s'est installé.

Il me regarde venir vers lui, ses yeux bruns, chauds et attentifs comme ceux d'un labrador, posés sur moi avec douceur et, expérience nouvelle pour moi, avec intérêt. Encouragée, je risque :

– Veux-tu voir le puits ?

Ce matin, comme entrée en matière, je n'ai rien trouvé de mieux que lui imposer ma marotte.

– Pourquoi pas ?

Je cours chercher la clé, suspendue comme toutes les autres clés communes à un crochet à côté de la porte de la cuisine, et je reviens en courant, avec l'enthousiasme d'un enfant qui veut partager le plaisir de son jouet préféré.

C'est mon oncle Tieu qui tire sur le couvercle, le fait basculer et se penche au-dessus du puits avec une curiosité que je refuse de questionner, à savoir si elle est feinte ou non, tant elle me fait plaisir. Il passe un commentaire sur la hauteur de l'eau et je lui fais part de ma certitude que la maison, le quartier et le village sont construits sur l'eau, comme s'ils flottaient.

Je cours chercher des chaises sur la galerie et nous prenons place à proximité du puits, de son odeur d'eau, de terre et de pierres suintantes – œil, gorge, narine, oreille, anus, le puits est l'orifice de la terre – chacun avec sa chaise en rotin et sa tasse de café, comme pour une causerie de vieilles dames.

Mon oncle Tieu parcourt du regard le terrain planté d'arbres et abondamment fleuri :

– C'est un beau jardin que vous avez là.

Le jardin d'Hélène ressemble à Hélène. Il est un modèle d'esthétique et d'harmonie, offrant du printemps à l'automne un aspect policé et même raffiné.

Je dis ça parce que le regard de mon oncle Tieu, un rire dedans, s'est attardé sur une plate-bande en bordure du hangar, foisonnant d'hémérocalles, de hostas, d'échinacées, d'aconits et de mauvaises herbes, dominée par un chèvrefeuille grimpant aux jolies fleurs parfumées roses et jaunes.

Il y a trois ans, j'ai négocié avec Hélène une parcelle du jardin dans un coin reculé du terrain. «C'est une activité de retraité, ça, le jardinage ! Il faut toujours que tu te distingues des autres de ton âge, hein ?» a râlé Hélène. J'ai répliqué : «Même quand j'imite les autres, personne n'y croit ! Aussi bien être moi-même, parce que si je ne suis pas moi, qui le sera ?» Ma répartie a cloué le bec à Hélène et, ce qui m'a fait plaisir, a fait sourire ma mèrepsy.

Les aconits ont occasionné tout un émoi à cause des invasions barbares de Merveille sur notre terrain. «C'est toxique, les aconits», a protesté Hélène. «Ça tombe bien, y a un puits pour se débarrasser des cadavres !» Ma blague est tombée à plat. Hélène ne possède aucun sens de l'humour noir, pas même de l'humour gris foncé.

Mais les aconits ont quand même élu domicile dans mon jardin.

Je tenais à ce bout de jardin pour y créer le mien. À mon image.

Un jardin désordonné et échevelé.

Un jardin *divergent*.

– J'ai une belle terre à bois au sud d'ici, m'informe mon oncle Tieu comme si je ne le savais pas.

Il dit qu'il n'y a que ça qui compte, la nature. Que c'est un grand élan de vie qui ne s'arrête jamais. Que ça donne des repères. Que c'est fidèle à ce que ça doit être avec des sursauts de puissance qui nous empêchent d'oublier qu'on est petits.

À mon tour de lui parler du lieu où je vivais quand j'étais petite, des chevreuils qui se couchaient dans les hautes herbes et qui se redressaient d'un coup quand ils nous entendaient approcher comme si une baguette magique les avait fait apparaître, et comment je devais me retenir de crier, de surprise et de joie, parce qu'il ne fallait pas les effrayer.

C'est le genre de souvenirs que j'ai, moi, de ma petite enfance. Des trucs barbants à raconter à des copines qui sont allées plusieurs fois à Disneyland en Floride.

J'épie sa réaction face à mes confidences. Il demeure silencieux, puis allume une cigarette. À quel moment a-t-il commencé à fumer ? Il ne fumait pourtant pas quand j'étais petite. Si d'habitude, je déteste cette fumée et cette odeur, le fumet boucané qui l'enveloppe, lui, me donne l'impression de pénétrer dans ses senteurs intimes.

J'ose un pas en avant :

– Il n'y avait qu'une seule autre maison à côté. Pas si à côté que ça, en fait. Il fallait traverser un grand champ et un petit bois pour la rejoindre.

Je lui explique – il est bien placé pour le savoir – que mes oncles habitaient là, surtout l'un d'eux et que l'autre y venait souvent, qu'ils n'étaient pas vraiment mes oncles, mais plutôt des amis de ma mère. Ma mère, Marianne.

Il me regarde avec une attention soutenue et mon cœur cogne comme les pistons d'une locomotive à vapeur.

– T’as eu une enfance originale. Ça a fait de toi quelqu’un d’original.

Il tire une longue bouffée de cigarette et je me sens exister sous son regard chaud. Sa tendresse fond sur moi en grosses bouffées denses et j’en suis tout intoxiquée.

Ma mère m’a aimée avec pingrerie, d’un amour forcé, résigné, retenu, qui ne sortait pas librement d’elle. Et si elle en a des regrets, car je flaire parfois au travers de l’odeur de champignon qui monte de son lit le parfum de rosée de son attachement pour moi, elle ne peut plus rien pour ma petite vie. Ma mère a déjà voyagé trop loin.

La voiture d’Hélène apparaît, tourne dans la ruelle, puis se glisse dans l’entrée. Hélène avec l’épicerie, Hélène qui amorcera ses corvées comme elle le fait à tous les jours où je ne travaille pas. La lessive, l’aspirateur, les planchers, les vitres. Comme je suis en vacances, notre logis s’érode à force d’être frotté. Hélène bourrasse dans toute la maison, s’enfièvre contre la saleté, orgueilleuse du vacarme qu’elle occasionne et qui lui donne momentanément l’impression de contrôler sa vie. De nos jours, comment se fait-il que Madame Blancheville hante toujours les femmes, même celles dites «de carrière»? En ce qui concerne Hélène, je sais seulement qu’à défaut d’autres jouissances ou réjouissances, elle savoure son martyre et l’irritation que sa dévotion au ménage engendre chez moi. Elle sait surtout que c’est le meilleur moyen de me renvoyer à mes errances ou à l’opacité de ma chambre.

Hélène jette un regard vers nous et j’ai l’impression que notre complicité la déstabilise. Déjà, en deux enjambées, mon oncle Tieu l’a rejointe et la soulage des sacs d’épicerie.

Ils disparaissent dans la maison alors qu'une autre voiture tourne le coin de la ruelle et se range en partie sur le gazon. Les chaînes de trottoir n'existent pas dans notre quartier de poupée. Martine en émerge, contourne son véhicule, puis ouvre la portière arrière pour libérer Merveille de son siège d'enfant. Merveille qui parcourt en hurlant tout le jardin, à croire que c'est la première fois de la semaine qu'elle est libérée de ses chaînes. Elles sont vêtues toutes deux en bleu Sainte-Vierge, une robe soleil pour Merveille, une minijupe et un débardeur pour Martine. En marchant vers la porte d'entrée de la cuisine, Martine rompt avec la tradition et s'adresse à moi, toute rayonnante :

– Ça y est ! J'ai trouvé l'homme de ma vie ! Cette fois, c'est le bon !

Ce doit être la quatrième ou la cinquième fois depuis son divorce. Qu'elle rencontre l'homme de sa vie. À croire qu'elle en a plusieurs. Des vies, je veux dire. Des vies qui ressemblent à un amalgame de courts sketchs, un enchaînement de petits tableautins pétris de clichés qui lui tiennent lieu d'identité.

Aussi sèche qu'un point final, la porte moustiquaire se referme en claquant sur les vies de Martine et je reste seule dans le jardin avec Merveille transformée en *Tasmanian Devil.*

Je m'apprête à refermer le couvercle du puits sur ses secrets lorsqu'un bruit de feuilles froissées m'alerte. Je lâche le lourd panneau de bois et cherche des yeux la gamine avant de la repérer près du hangar. Elle s'acharne sur le chèvrefeuille grimpant. Elle n'aurait pas pu plus mal choisir. Ma plante préférée. Pas de danger qu'elle ait choisi les aconits dont la sève aurait irrité ses jolies menottes. Elle tire sur une tige, utilisant son poids plume pour tenter de la déraciner. Sa langue est sortie, son visage aussi rouge que les roses rouges d'Hélène. Comme elle n'y parvient pas, elle commence, avec méthode, à dépouiller la tige de ses feuilles et de ses fleurs. Sa rage de destruction excite la mienne et je me précipite sur elle en vociférant, l'arrachant au chèvrefeuille, la secouant comme un prunier, ravie de voir la jolie tête blonde ballotter d'avant en arrière, les yeux s'écarquiller de frayeur et la bouche s'arrondir sur un cri perçant. Jamais on a traité Merveille ainsi. Grand bien lui fasse ! Je me déchaîne et l'entraîne vers le puits où je la tiens suspendue au-dessus des eaux noires. Il me semble que l'eau s'agite, clapote, dessine de petits remous, gronde en sourdine comme si le puits salivait, faisait entendre les borborygmes de sa faim.

– Je vais te laisser tomber dedans ! Y a plein de gros poissons qui vont te dévorer vivante. T'auras même pas le temps de te noyer !

On dirait le cri d'un porcelet qu'on égorge.

J'ai juste le temps d'apercevoir Sophie qui vient d'arriver, Sophie qui se tord de rire en me voyant maintenir Merveille au-dessus de la gueule béante du puits.

Parlant de cris, ceux de notre différend a attiré la Famille.

– Jean-Loup, prends-lui Merveille ! Vite ! beugle Hélène.

C'est mon oncle Tieu qui m'enlève Merveille des mains et la force de sa volonté anéantit ma rage.

Derrière Martine et Hélène, je vois Hortense, sortie par elle-même sur la galerie. Je l'entends qui hurle :

– Maman ! Maman ! Le puits !

Ensuite, ses chuchotements sont couverts par les vociférations de Martine et d'Hélène.

Elles parlent de la police et de l'asile.

Et je décampe.

•

Une voie ferrée borde la ville d'un côté, une autre la traverse, une troisième se déhanche, frôlant commerces et habitations. Je cours en folle sur toute la longueur du quai qui accueille chaque soir le grand train océanique. Passé la gare, au premier aiguillage, un convoi de marchandises a emprunté la *curve* et bloque le passage. Avec lenteur et tapage, les wagons se pavanent vers un futur inconnu, abritant des rêves de lumière dans leurs flancs de métal obscur.

Les prises sont nombreuses, échelles, plateformes, marchepieds, où je pourrais m'accrocher.

Sauter, m'agripper, m'éloigner, m'enfuir.

Voir défiler la vie avec l'illusion d'y participer, à cause du mouvement et des distances parcourues.

En réalité, n'être que le spectateur de la vie comme un long film, à la fois placide et changeant.

Reposant. Tellement reposant.

« Pourquoi tu restes avec elles au lieu d'aller la vivre, ta vie, comme t'as envie de la vivre ? » m'a demandé plusieurs fois Audrey-Rose avec son gros bon sens, ce contact avec la réalité que je ne possède pas et qui arrondit les choses, les rend faciles à comprendre et à accomplir. Y a-t-il une sorte de vie qui me donnerait envie de vivre ? Les bribes de rêves et de projets qui traversent ma tête fêlée sont trop souvent habillées des couleurs de l'irréalisable. Ma mère, avec sa tête bien faite de psy, m'a déjà dit que si on ne réussissait pas à être soi-même dans sa famille, on ne serait jamais soi-même dans la société. Aussi bien demeurer dans cette maison de nénettes et la combattre. Quand j'ai fait part de ma théorie à Audrey-Rose, elle a réagi en renouant avec le langage de son adolescence: «Ouais, quel beau prétexte pour se faire chier!»

La fin du train emporte avec lui mes rêves d'exil. De l'autre côté, un petit groupe stoppé dans sa progression traverse les rails: un joggeur en jaune fluo, une femme chargée de lourds sacs d'épicerie, des enfants n'ayant sur le dos qu'un maillot de bain, un t-shirt et aux pieds, des tongs en plastique, convergeant sans doute vers la piscine municipale, avec Ah-Ah qui les honore de sa présence. Ah-Ah ainsi nommé parce que «Ah! ah!» c'est sa façon à lui d'aborder les gens et à peu près la seule chose que l'on puisse décoder dans le charabia qui sort de sa bouche édentée. Il professe un contenu dont on ne saisit que des fragments et il le beugle à tue-tête en se baladant à vélo. Même l'hiver. On le connaît dans tout le quartier. Il ne fait plus peur et les enfants sourient à son interpellation:

– Ah! ah! qu'il leur lance en traversant les rails à vélo.

Le «Ah! ah!» qu'il m'adresse est particulièrement joyeux. Comme un signe de reconnaissance. Les détraqués, les inadaptés, les rejetés de notre société se sentent en confiance avec moi. Je suis surprise d'en être encore étonnée.

Je croise tout ce beau monde, me remets à galoper et me retrouve enfin seule le long de la voie ferrée dont le tronçon, après le deuxième aiguillage qui mène au pont par-dessus le grand fleuve, est aujourd'hui désaffecté. Il n'est plus utilisé que par la cour de triage ou par le grand train océanique comme voie d'évitement, lorsqu'un autre convoi s'amène et réclame la voie principale.

Le vent chaud fait chanter les rails et mêle une nouvelle mélodie à celle qu'il sifflote déjà à travers les foins ensoleillés.

Tandis que je tenais Merveille au-dessus du puits, un souffle âpre est monté du gouffre et a capté le mien.

Je me couche en croix sur la voie ferrée, les deux mains sur les rails.

J'ai besoin de me cramponner à la vibration du monde.

Mais pareil à ce qui se passe dans ma vie, je me retrouve toujours sur une voie de garage.

• • •

Étienne…

Quel choc lorsque je l'avais reconnu.

Il y a plusieurs mois de ça, avant mon hospitalisation, j'étais seule et j'achetais des éclairs au chocolat à la boulangerie, de beaux oedèmes de crème pâtissière comprimés dans une fine pâte à choux coiffée d'une langue épaisse de chocolat. Un dessert que tu appréciais et que je t'achetais souvent dans l'espoir de te voir engraisser. Tu me disais à chaque fois: «Commence par en prendre deux, maman, et mets-les l'un par-dessus l'autre. Si rien ne bouge, tu achètes les deux éclairs et tu t'en vas, mais si celui du dessus s'affaisse par les bouts, tu en achètes une douzaine!»

J'entends encore le rire sonore qui remplissait ta gorge et manquait presque de t'étouffer.

«C'est pour ma fille!» ai-je déclaré bien haut, ce jour-là, en attrapant la boîte qui contenait une demi-douzaine de spécimens bien dodus. Comme toutes les rondouillardes, je ne voulais pas avoir l'air de m'empiffrer avec du dessert. Je me suis détournée de la vendeuse pour me trouver nez à nez avec le client qui attendait derrière moi, une baguette de pain à la main.

Je suis tombée dans le trou noir de ses yeux. Ce regard comme un abîme, jamais je n'ai pu l'oublier. «Étienne?» ai-je soufflé à son visage.

Disparue, sa mollesse d'adolescent efflanqué. Étienne s'est métamorphosé en un homme solide et sous sa silhouette longiligne, on devine maintenant le nerf et le muscle. Le hâle du plein air, les aspérités de sa vie ont sculpté les traits délicats de son visage, accentuant la beauté ténébreuse qui déjà, jeune garçon, était la sienne. Avec sa longue chevelure comme une aile de corbeau et ses yeux comme des tisons éteints, il doit attirer les femmes à lui.

Le premier moment de surprise passé, il m'a reconnue. «Marianne?» a-t-il demandé d'une voix neutre qui m'a fait froid dans le dos. Je n'avais pas pu m'empêcher de l'interpeller et je regrettais maintenant de m'être trahie. Il ne m'aurait peut-être pas replacée si je n'avais pas fait le premier pas. Puis un mince sourire a animé les os saillants de son visage, rendant la nuit opaque de ses yeux et de ses cheveux plus rassurante.

J'ai émis un vague gargouillis avant de fuir à l'extérieur. Terrorisée. Je venais de lui apprendre, sans le vouloir, ton existence : « C'est pour ma fille ! » avais-je bramé à tue-tête dans la boutique, motivée par un orgueil imbécile. Sous la neige qui feutrait la rue, je l'ai attendu. Pour l'intimider, le menacer même : s'il touchait à ma fille, je lui tordais le cou. « Je sais que t'as une fille et j'en ai rien à faire », qu'il m'a répondu. La curiosité a tout de même allumé son regard.

Si Étienne n'a rien à faire de toi, c'est qu'il n'a pas encore compris qui est ton père.

• • •

« Au bord de la rivière, m'allant promener, l'eau était si claire et le vent léger. Je me suis couchée dans l'herbe pour écouter le vent… »

Assise sur une roche, je bafouille cette chanson que mon oncle Tieu m'a apprise.

Mon oncle Tieu que j'ai retrouvé.

Mais après ce qui vient de se passer avec Merveille, mon oncle Tieu va me jeter comme un objet répugnant. Il en est ainsi avec tous ceux autour de moi, ma mère, mes tantes, mes cousines, mes amies, mes copains qui écartent de leur vie la chose non viable que je suis.

« Je me suis couchée dans l'herbe pour écouter le vent… »

Il n'y a pas de vent dans les saules à écouter au bord de cette rivière. Au pied des chutes, ma rivière est renfrognée. Elle crache, vomit, et je suis tout éclaboussée, douchée par ses postillons et par ses régurgitations en secousses. De mes cils alourdis gouttent des larmes de bile. Éteindra-t-elle le feu sur ma joue ? Et celui de ma honte ? Je ne distingue plus rien. Chaleur et moiteur m'enveloppent comme dans du papier cellophane.

Les rails ne m'ont rien transmis du monde que je pourrais comprendre.

Si l'eau du puits possède la noirceur de l'obsession, ici, l'eau offre la couleur que je préfère, celle de l'argent. Très haut dans le ciel, des gens gambadent sur la passerelle, sourds à l'appel du vide sous leurs Nike, aussi insouciants et piailleurs que les goélands qui folâtrent au-dessus des eaux tumultueuses.

Bientôt, ce parc recevra une *Boîte à Sciences,* un parking de deux cent cinquante places, une orgie de tables de pique-nique et une panoplie de jeux extérieurs en plus de ceux qu'on y trouvera à l'intérieur. Ce magnifique parc naturel deviendra le haut lieu de l'incontournable pédagogie à pitons, indispensable aujourd'hui aux milliers de Merveille de la planète et à leurs géniteurs en mal d'inspiration pour divertir la progéniture qu'ils ont pondue dans un moment d'égarement narcissique.

Comme si les rivières n'étaient pas là pour qu'on joue sur leurs berges, pour qu'on apprenne à pêcher, et pour permettre à tous les oncles Tieu et les oncles Vent de ce monde d'apprendre aux gamins – ici, le masculin inclut le féminin – à reconnaître l'herbe à puce.

J'arrache mon cul à la pierre mouillée et je commence à escalader le promontoire tout au pied des chutes. La roche traîtresse se défile sous mes semelles, abandonnant à mes mains, qui s'éraflent sur les arêtes mouillées, le soin de me retenir au rocher. Je me hisse, risquant un pied après l'autre, les yeux braqués devant moi. J'aimerais vivre ma vie ainsi, sans jamais regarder en arrière. Ne plus découvrir dans mon dos la haie de déshonneur formée par tous ces gens que j'ai connus, qui m'ont dévisagée avec tant de curiosité et de dégoût, et qui ne me remarquent plus ensuite lorsque je me faufile sous leur nez.

L'Enténébré tantôt, sur la grève caillouteuse, absorbé par la rivière et par les frémissements de sa canne à pêche, n'a pas réagi à mon bonjour claironnant. Seul Pierre-Olivier, qui semble lui coller aux semelles depuis quelque temps, m'a répondu avec enthousiasme. Peut-être dans l'expectative d'une partie de jambes en l'air à l'arrière de sa voiture.

Un brouillard d'infimes gouttelettes m'embrume et je ne distingue plus rien à part le carré de roche, à mes pieds, de la grandeur d'un mouchoir de poche.

La seule place que m'a réservée ce monde.

Je m'y dresse, vacillante.

Je ne peux plus aller de l'avant. Ne peux plus faire marche arrière. Les grondements de la rivière, de tonitruants qu'ils étaient, me parviennent assourdis.

Je vais m'envoler.

Ou tomber.

Et rejoindre l'eau noire dans le puits.

•

À cause de la tiédeur de ses aspérités, la caillasse se fait réconfortante sous mon dos même si une pierre plus grosse me blesse l'omoplate. Un vrai lit de fakir.

– T'es-tu correcte ?

La voix débonnaire de Pierre-Olivier au-dessus de moi. Il me gronde gentiment :

– Qu'est-ce qui t'a pris de monter là ? Y a plein de gens chaque année qui restent mal pris. Même que des fois, c'est un hélicoptère qui doit aller les chercher !

Il me tapote la main comme il ferait avec une vieille dame qui a eu des vapeurs, à croire que nous n'avons jamais partagé nos corps.

Il s'exclame avec fierté :

– Heureusement, t'étais pas trop haut, j'ai pu aller te chercher !

J'ouvre les paupières et la bonne grosse bouille de Pierre-Olivier apparaît proche de la mienne, toute floue, à cause de mes yeux encore gommés par la bile de la rivière. Plus loin au-dessus de moi, quelques ombres imprécises contemplent avec une curiosité malsaine ce corps allongé sur le sol, vêtu d'un short kaki et d'un débardeur noir, anguleux et austère comme une branche morte, sorte d'épave qui aurait été déposée là par les flots, puis abandonnée, puis dédaignée par une nouvelle montée des eaux.

Derrière Pierre-Olivier, une haute silhouette remplie de silence.

Un ange noir.

A-t-elle fait ça pour attirer mon attention ?

•

J'ai besoin de ma mère. Ça m'arrive encore. Des fois. Malgré moi. C'est pourquoi mes espadrilles détrempées par la rivière pépient sur le plancher frais ciré de ce corridor d'hôpital.

Le couloir de la mort.

Le couinement de ma démarche a dû m'annoncer, car mon oncle Tieu, debout près de son lit, regarde vers la porte alors que ma mère est tournée vers le mur.

Que mon oncle Tieu vienne rendre visite à ma mère est tout à fait dans l'ordre des choses.

– J'ai apporté la couverture qu'elle a demandée à ta tante à sa dernière visite. Ta tante était trop occupée pour venir elle-même.

– Elle était trop occupée à téléphoner à la police ou à l'hôpital psychiatrique ?

Un sourire envahit ses yeux chauds, puis se glisse jusqu'à ses lèvres qui s'entrouvrent sur une rangée de belles dents carnassières. Je suis rassurée. Mon oncle Tieu ne m'a pas retiré son amour. Ne m'aimait-il pas d'un amour inconditionnel quand j'étais petite ? Il semble que rien n'ait changé de ce côté-là. « Il y a longtemps que je t'aime, jamais je ne t'oublierai… »

– J'ai réussi à les calmer un peu. Je leur ai dit que t'aurais jamais fait de mal à la petite, que t'étais bouleversée à cause de ta mère qui est malade et fâchée contre eux autres, ta seule parenté, qui sont toutes des belles filles.

Un peu réducteur comme résumé, mais ça colle à la majorité de mes humeurs et à l'essence de ma tragédie intérieure.

– Je te laisse la place, ajoute-t-il.

Il n'a pas fait trois pas vers la porte que déjà il s'arrête :

– Pourquoi t'es toute mouillée ?

– J'aime fusionner avec les rivières.

Je vois comme une lueur de compréhension dans son regard, avant qu'il me tourne le dos avec un « ah ! » plutôt placide, compte tenu de la réponse sibylline que je viens de lui faire.

Je dépose mes fesses encore humides sur la chaise que j'espère trouver tiède de la chaleur de mon oncle Tieu.

La consolation d'un autre corps contre le mien, par le biais d'une cuirette déchirée.

•

Le sommeil de ma mère. Le silence de ma mère. Un étang aux eaux profondes, des eaux opaques, immuables sur lesquelles il est impensable de souffler un vent discordant. Un miroir calme mais insondable, qu'aucune ride n'oserait traverser. J'aurais aimé, j'aimerais encore m'assurer qu'il n'existe pas dessous un courant tiède où batifolent des poissons multicolores ou qu'un volcan sous-marin n'y façonne pas des sillons incandescents. Je voudrais découvrir et désenvaser le coffre aux trésors des secrets de ma mère, afin que mes intérieurs ne se résument pas à cette poche de sang qui saigne un sang intarissable.

Ma mère n'a pas levé le petit doigt pour mon visage. Ni pour le rendre plus supportable au regard des autres, ni pour m'avertir du désert où me renverraient tous ces regards. Elle a fait comme si de rien n'était alors qu'elle aurait dû me mettre en garde contre ma *divergence*.

La couverture de laine apportée par mon oncle Tieu repose sur les pieds de ma mère. S'était-elle plainte à Hélène d'avoir froid aux pieds? Ce qui veut dire qu'elle parle à Hélène et non à moi. Et mon oncle Tieu se soucie toujours d'elle de la même façon qu'il prenait soin d'elle dans le temps. La petite fille en moi en est encore jalouse.

Le tiroir de la table de chevet est mal fermé et je l'ouvre d'un coup sec pour le débloquer. Une photo apparaît, posée bien à plat sur un livre que ma mère ne peut plus lire.

La photo n'est pas récente, un peu ridée, avec des coins racornis et un film de fumée qui affadit ses teintes. Je m'y reconnais instantanément parce que je suis juchée sur Gros Minou. De chaque côté, deux hommes, de l'eau à peine aux genoux, montent la garde pour m'empêcher de piquer une tête.

Mes oncles.

La photo a été prise d'un peu trop loin pour qu'on distingue clairement les traits de leur visage. La barbe de mon oncle Tieu, elle, est bien visible, échancrée par son sourire de piège à ours, ces pièges à ours comme ceux qu'on voit dans les dessins animés.

Nos baignades à la rivière. Avec mes oncles. Dans la forêt où j'habitais.

Et un souvenir monte comme un geyser.

Cette rivière. J'ai bien failli m'y noyer.

•

«Constance! Tu ne dépasses pas Gros Minou!» j'entends ma mère me crier pour la troisième fois. Gros Minou, c'est un rocher qui surgit hors de l'eau, avec deux petites crêtes de chaque côté, semblables à des oreilles de chat.

L'eau transparente laisse voir mes pieds pareils à deux gros cailloux roses sur le fond de sable doux. Des poissons, pas plus grands qu'un doigt de mon oncle Tieu, viennent parfois me grignoter les orteils, et si j'en étais terrifiée l'été d'avant, certaine qu'ils me boufferaient tout entière, aujourd'hui je suis subjuguée par mes nouveaux amis qui nagent en rond juste un peu plus loin, avant le lit blanc du courant qui glougloute.

En prenant soin de ne pas trop brouiller l'eau, j'avance pas à pas dans la rivière quand soudain mon gros orteil bute contre une roche. De surprise et de douleur, je perds pied et me laisse lentement submerger par la rivière, sans résister, comme ces navires naufragés qu'on voit à la télé et qui se couchent dans l'eau avec majesté.

Sans même me débattre un peu, je m'abandonne entre deux eaux, les yeux grands ouverts sur un univers inconnu, silencieux, indistinct, mais tellement lumineux. Un univers accueillant qui me porte dans sa mouvance. C'est comme si j'avais plongé dans un film au ralenti. Aucune frayeur. Que du bien-être. La bouche ouverte, j'avale toute cette beauté, tous ces chatoiements, convaincue d'avoir retrouvé ma source et mes semblables en ces frères poissons qui me bécotent le nez.

J'ai dû perdre connaissance, car je me réveille sur la berge, envahie par d'intenses sensations, celle de la brûlure du sable sous mon dos, celle d'un souffle chaud dans ma bouche, ma gorge, ma poitrine, sorte de brise nourricière, lénifiante, qui se répand dans tout mon dedans.

Une âme a rejoint la mienne.

Je reconnais la voix de ma mère :

– Je l'ai quittée des yeux à peine cinq secondes !

Au ton de sa voix, elle est au bord de l'hystérie.

Cinq secondes ?

Pour moi, une éternité s'est écoulée sous l'eau, dans les ronds de lumière, en compagnie de mes frétillants compagnons.

Je voudrais leur dire que je vais bien, que je ne me suis jamais sentie aussi bien, mais j'ai peur de faire cesser la respiration qui respire à ma place.

Un haut-le-cœur me soulève et le souffle chaud s'arrête.

– Ça y est !

C'est la voix de mon oncle Tieu.

Et je me retrouve sur le ventre à vomir la beauté, la lumière et peut-être les poissons que j'ai gobés. Mon oncle Vent m'enveloppe dans une couverture, ma mère se jette sur moi dans un rare débordement d'affection et mon oncle Tieu me frotte le dos.

– Je peux la porter jusqu'à la maison, offre mon oncle Vent, plus costaud que mon oncle Tieu.

Je n'oublierai jamais la lumière sous l'eau, ni l'âme de mon oncle Tieu.

L'âme de mon oncle Tieu,
je l'ai avalée pour de vrai.

•

Cette journée, toute moite de l'eau du puits, de l'eau de la rivière, de celle de mes larmes et de mes souvenirs, s'achève dans la touffeur d'un beau soir d'été. Avant de quitter ma mère belle au bois dormant, j'ai entrouvert la fenêtre près de son lit au cas où la brise coquine réussirait à troubler les eaux figées de sa désaffection.

Quant à moi, j'ai fini par sécher.

Sur le pont au-dessus du grand fleuve, je roule les fenêtres grandes ouvertes, me rinçant le dedans avec l'air chargé de douceurs embuées. Les rues étroites de mon village, habillées de verdure odorante, se referment sur moi et un court moment, j'ai l'impression d'étouffer. Je range la voiture derrière celles de Sophie et d'Hélène. Il fait presque nuit.

Un chuchotement.

– Hé ! Constance !

Dans cette noirceur, pas tout à fait noire, encore striée d'ocre et de brun au sol, et de bleu turquoise dans la barre du ciel, je distingue une silhouette pâle assise sur le couvercle du puits.

Aussi incroyable que cela puisse paraître, il s'agit de la voix de Sophie.

– C'est moi ! Sophie ! chuchote-t-elle comme une réponse à ma surprise.

Elle hausse d'un cran son chuchotement :

– Tu me donnes la permission d'emprunter ton puits ?

Je m'approche. C'est bien Sophie, ses cheveux blonds comme une vapeur autour de la tête, bellement vêtue d'une jupe de coton jaune et d'une camisole blanche avec, à la main, une bouteille de vin et une coupe.

J'ai dû voyager dans une autre dimension tant la scène me paraît irréelle.

– Ma parole, Sophie, t'es pompette !

Ma cousine a peu profité de sa vie de jeunesse. Hélène ne supporte pas les débordements de toutes sortes, encore moins ceux occasionnés par l'alcool. Si ma grand-tante Hortense fait de plus en plus exception à la règle, il s'agit là, j'en suis convaincue, d'une stratégie de la part d'Hélène pour asseoir définitivement son pouvoir. Il est hautement improbable que cette nouvelle tolérance englobe sa précieuse Sophie, le miroir dans lequel elle aime se mirer. Sophie, la copie conforme d'Hélène, peut se permettre de siroter un verre de vin au souper, mais en aucun temps elle ne peut se vautrer dans l'inélégance d'un excès d'alcool.

– J'ai flushé Simon ! m'annonce-t-elle, hilare.

– Sans blague ?

Elle montre du doigt le bac de recyclage d'où dépasse un morceau de papier blanc, tel un signal lumineux dans la pénombre.

Je m'approche et soutire la feuille de papier à la mâchoire fermée du couvercle. Je colle mon nez dessus pour mieux voir.

Dans ma main, l'esquisse d'un oiseau en plein vol.

Je chiffonne la feuille en une grosse boulette, lève le couvercle du bac et la jette tout au fond où elle rejoint un monceau de feuillets déchirés. Ce qu'il reste du carnet de croquis.

Elle n'en aura plus besoin.

Une porte s'est entrebâillée et un vent plein de tendre hardiesse s'y faufile, faisant naître des picotements sur mes bras et ma nuque.

Je retourne vers Sophie et tends la main vers la bouteille :

– C'est du blanc ?

– Ouais. T'en veux ? croasse Sophie en me tendant directement la bouteille.

Elle ajoute, en contemplant son verre :

– Ben, moi non plus, j'ai pas besoin de ça.

Et dans un geste infiniment gracieux à cause de tout ce qu'il comporte de dédain, elle lance à toute volée la coupe de cristal contre la voiture de sa mère.

Nous pouffons de rire toutes les deux.

Au regard inquiet que je lance vers la maison, Sophie m'explique que Martine est partie avec Merveille et que sa mère a avalé un somnifère peu après ma mise en scène, tantôt, au-dessus du puits.

– J'ai été surprise de te voir, toi, te tordre de rire devant l'abominable façon dont je traitais Merveille.

Et Sophie de me confier que sa mère n'a aucune affection véritable pour elle. Que même si elle a été son pantin, son toutou de poche, même si elle a fait tout ce que sa mère attendait d'elle, celle-ci ne l'en apprécie pas davantage. Elle n'aime pas non plus Martine qui ne s'en rend pas compte. Elle la tolère à cause de Merveille. Toutes deux, elles ont déçu leur mère et ce sera dorénavant à Merveille qu'incombera la tâche de réparer la vie de sa grand-mère.

– En fait, ça nous aurait pris plusieurs vies à toutes les deux pour satisfaire notre mère ! déclare Sophie.

Elle ajoute que sa sœur a été contaminée par la perpétuelle insatisfaction de sa mère. Le dernier homme de la vie de Martine n'a pas été à la hauteur de ses exigences et il a été congédié.

Après un bref moment de réflexion, Sophie se met à glousser :

– Ce doit être difficile d'être l'homme de la vie d'une femme, quand la femme en question vous oblige à pisser assis pour ne pas salir la bolle de toilette !

Je m'esclaffe avec elle, puis un silence complice s'installe, entretenu par la bouteille qui circule entre nous.

Malgré la brunante qui s'alourdit et l'alcool qui m'embrume, je remarque un changement sur la maison rose. Les modillons sous la bordure du toit arrière ont été peints en blanc. On a commencé aussi à faire de même avec les consoles qui décorent la galerie.

Je connais ce projet maintes fois débattu, maintes fois refusé par Hortense et par ma mère. Sous prétexte de mettre en valeur les ornementations de la maison, jusqu'alors roses comme le reste du bâtiment, Hélène a toujours projeté de les peindre en blanc. « Quelle horreur ! Un gâteau de noce ! Ça va ressembler à un gâteau de noce ! » a craché ma mère. « Elle a pas eu assez de deux gâteaux de noce, ça lui en prend un troisième ! » a ironisé Hortense dans un autre de ses dangereux moments de lucidité sardonique avant de s'enfoncer dans d'interminables chuchotements.

Sophie a suivi mon regard.

– Ça fait quétaine, hein ? C'est Hélène qui a embrigadé Jean-Loup pour exécuter ses mauvais coups.

– On peut remédier à ça !

Je quitte le couvercle du puits. La Honda de mon oncle Tieu n'encombre pas la ruelle et aucune expérience alchimique n'est en cours au deuxième étage du hangar dont les fenêtres noires sont closes sur la nuit.

À pas furtifs, je vais chercher la clé dans la cuisine – je remarque que celle du puits n'est plus accrochée à sa place habituelle – et je retourne dans l'obscurité où Sophie, qui a tout compris, m'attend déjà à la porte du hangar. J'ouvre, j'allume et parmi les pots accumulés sur une étagère, je repère un pot entamé de peinture rose. J'en verse une petite quantité dans deux plats de margarine vides, déniche les pinceaux, un petit escabeau et ainsi équipées, nous nous dirigeons vers la grande galerie couverte.

– Attends ! murmure Sophie dans mon dos, faut pas oublier le vin !

Elle va chercher la bouteille restée sur le couvercle du puits. Il fait nuit, mais dans notre quartier de poupée, les lampadaires éclairent jusque dans le dedans des maisons.

Moi, debout sur une chaise, Sophie sur l'escabeau, nous y allons de quelques giclées de peinture rose sur le blanc tout frais des consoles, entrecoupant notre bel ouvrage de joyeuses gorgées de vin.

Deux coins de rue plus loin, le grand train océanique repart à reculons. Au fur et à mesure que sa vitesse augmente, la basse continue de ses génératrices laisse la place à un grondement sourd de bête qui fonce dans la nuit.

•

Ce village, rempli de boucane noire,
a vu le jour à cause du chemin de fer.
Plusieurs compagnies de chemin de fer
y échangent leurs marchandises et leurs passagers.
Ce village fait la jonction

entre l'est et l'ouest,
entre le nord et le sud.
Bien du monde passe par ici :
les voyageurs de ce pays ou des États,
les immigrants venus de l'est, arrivés par bateau
et les bums.

Les bums du train sont des passagers clandestins,
de pauvres types à moitié morts de faim,
en quête d'un travail
et d'un ailleurs meilleur.
Pour moi, ils représentent une diversion,
l'intrusion du vaste monde dans un quotidien réglé
comme du papier à musique.

Michel annonce :
– Y les ont mis dans l'ancienne gare,
mais y z-ont rien à manger !
La Grosse se dirige vers la dépense,
en sort le jambon cuit la veille, une miche de pain
et un peu de thé dans une boîte en fer blanc.

La Grosse réfléchit aussi vite qu'elle en est capable.
Entre deux situations non recommandables,
laquelle serait la moins inconvenante pour une jeune fille ?
Être en contact avec des hommes sales et affamés
dont on ne sait rien ?
Ou demeurer seule à la maison avec Michel ?
Une décision pas trop difficile à prendre.
Je sens déjà dans l'air le parfum de l'aventure.

– Tu m'aideras à transporter les provisions,
grogne la Grosse,
pis tu frapperas aux portes pour avertir les autres dames
qu'on va devoir
nourrir les bums pour les prochains jours.

Je quitte ma robe propre pour enfiler une vieille jupe.
Dehors, un petit crachin tire un rideau d'ombre
sur tout le village.
Suie, poussière, boue.
J'exécute quelques pas de danse pour éviter les flaques.
Boue, poussière, suie.

Ça, une gare ?
Le terme était pompeux
pour désigner la pauvre cabane
qui abritait les voyageurs
transitant d'une compagnie de chemin de fer à une autre.
C'est maintenant un bâtiment délabré.
Il protège du vent les cheminots gelés,
les mendiants qui se cachent là pour une nuit,
et les bums qu'on trouve dans les wagons.
C'est ce que m'explique la Grosse, chemin faisant.
Bien inutilement.
Ces histoires-là, je les ai toutes entendues.

Y a pas l'électricité dans la cabane,
il fait sombre à l'intérieur,
et un gros fer à repasser pèse sur ma poitrine.
Une lampe à l'huile brûle

sur une caisse renversée,
car la fin du jour est sombre,
sombre comme la mine des trois hommes
réunis autour de la faible lueur.
L'air humide fait son chemin où il peut
et la pluie s'est invitée, qui pleurniche dans un coin.

À notre entrée, les hommes se lèvent,
silhouettes encore plus sombres que la noirceur
autour d'eux.
Le plus vieux a ôté sa casquette :
– Merci m'dame.
– Vous devrez aller chercher de l'eau potable à la gare,
les instruit la Grosse.
C'est madame Talbot qui vous passera un vieux chaudron,
pis des tasses pour vous faire du thé.

Elle ajoute qu'ils doivent se trouver du travail
ou partir ailleurs dans quelques jours.

Dehors, la ville poursuit sa mission infernale :
sifflets, cognement des wagons,
cris des hommes charbonneux
devenus invisibles dans l'obscurité.

Le large dos de la Grosse me dissimule en partie
et je peux observer les trois hommes.
L'intérêt du plus jeune à mon égard
me fait sentir toute drôle.
Il a zieuté ma joue avec curiosité,

mais pas seulement ma joue.
Je lui coule un long regard,
le temps d'être happée par ses yeux
et de tomber dedans
comme dans un précipice creusé dans le charbon.

De retour à la maison,
la saloperie de cochonnerie sur ma joue
me démange et me brûle.
Elle palpite au rythme fou de mon cœur.

Je jette un regard par la fenêtre :
– On a oublié la lessive sur la corde à linge ! C'est mouillé et tout noir !
– On va devoir tout relaver, se plaint la Grosse.

BAGGAGE CAR

AOÛT

Aujourd'hui, j'ai fait sauter le cadenas sur le couvercle du puits parce qu'Hélène en a caché la clé. Elle pensait me détourner ainsi de mon obsession tout en me punissant d'avoir secoué Merveille. Depuis cet incident, il paraît que la petite princesse rêve des mauvais rêves. Au moins, Merveille me laisse en paix, moi et mon jardin, même si avec Martine, elles séjournent de plus en plus souvent dans la maison rose. Martine a pris possession de la chambre de ma mère, puisque ma mère ne détient qu'un aller simple dans sa valise d'hôpital, et Merveille s'est installée dans la chambre de Sophie qui a coupé ses cordes de marionnette, inauguré ses ailes et mis le grand fleuve entre elle et sa mère en louant un appartement de l'autre côté de l'eau. « Pourquoi tu viendrais pas avec moi ? » m'a-t-elle demandé d'un ton gentil, mais pas totalement convaincu ni convaincant. Sur le coup, j'ai été tentée, puis j'ai changé d'idée. Sophie a trop de quoi s'occuper sur son chemin et moi sur le mien. Mes ailes sont toujours paralysées, et je ne sais que flotter entre deux eaux. J'ai aussi des boucles à boucler avec mon oncle Tieu et avec l'Enténébré.

Et peut-être aussi avec ma mère, si je réussis à voyager au-delà du miroir lisse de son silence.

Et il y a Hortense qui nous a surprises à discuter de notre envol hors de la maison rose.

« Je veux pas que tu t'en ailles, Constance ! a-t-elle crié. (Chuchoté) Je veux pas que ma petite Constance parte ! Maman aussi est partie ! Partie dans le puits ! Pauvre Madeleine ! C'est pas sa faute ! Je veux pas que Constance parte ! Maman est partie dans le puits ! Est-ce que c'est le temps de mon sapin de Noël ? C'est pour quand, mon sapin de Noël ? Je veux pas que Constance s'en aille ! (À voix haute) Tu t'en vas pas, hein, Constance ? »

« Non, non, Tante Hortense, ai-je répondu, mais c'est quoi, cette histoire de ta mère qui est partie dans le puits ? »

Hortense a rentré le menton, et un raz-de-marée de chuchotements incompréhensibles a fait surgir des fantômes dans la pièce pour le reste de la journée.

À la suite de notre divergence d'opinion à Merveille et à moi sur la façon de traiter les fleurs, j'ai suggéré à Martine d'arrêter de faire tout un plat avec cette histoire. « Tu n'as aucune idée, toi, de ce que c'est que d'être mère ! » a-t-elle bramé avec son talent de grande tragédienne. Je lui ai répondu que ça permettait de recevoir un minimum de considération dans la vie sans trop se forcer et qu'en dehors de ça, ça avait l'air de fausser le jugement. « Une femme n'est pas entièrement une femme tant qu'elle n'a pas eu d'enfant », a énoncé sentencieusement Hélène. « Alors, je serai MOI avant d'être une femme ! » ai-je rugi, révélant au grand jour le programme que je m'étais forgé, alors qu'adolescente, j'ai compris que je ne pourrais jamais intégrer le royaume des nénettes.

C'est à ce moment-là que mon corps m'a entendue.

Il a cessé de se développer.

Je n'ai jamais eu besoin d'utiliser un calendrier de petites pilules. Ce corps, comme une porte étroite, ne pouvait pas engendrer.

À coups de hachette, avec des han ! han ! de forcenée, j'ai cassé le cadenas du puits. C'est ce que je ferai avec tous les cadenas qu'elle mettra dessus. Il faudra qu'elle coule du béton dans le puits pour m'en interdire l'accès. Or Hélène a besoin de l'eau du puits pour arroser ses fleurs aux moments où ça lui chante et non seulement durant les trois soirs prescrits par la ville.

« Espèce de petite sorcière ! » a-t-elle sifflé entre ses dents, peu soucieuse pour une fois de montrer au grand jour son visage de mégère non apprivoisée. « Je ne vais jamais dans ta chambre parce que j'ai peur d'être transformée en statue de sel ! »

Sorcière…

Hélène venait de mettre un mot sur le malaise profond qu'elle ressent face à moi. Elle ne peut s'empêcher, elle, une femme moderne, de m'attribuer une influence néfaste, sinon un pouvoir maléfique, sans doute à cause de cette disgrâce physique qui ne limite en rien ni ma mobilité ni mes capacités, auquel cas je ne représenterais aucune menace pour elle, mais qui me rend seulement différente, monstrueuse, et fait de moi une sorte d'ange déchu annonciateur de la hideur, de la dégradation et de la pourriture que chacun porte en soi.

Mon oncle Tieu a repeint en blanc les consoles barbouillées en rose par Sophie et moi. Et quand l'occasion se présente, je les badigeonne de nouveau en rose. À son tour, mon oncle Tieu les recouvre de blanc avec un sourire qui navigue de ses yeux à ses lèvres. Ce sont toujours les trois mêmes consoles sur lesquelles nous nous acharnons.

Entre nous, une sorte de dialogue intime s'est instauré.

Quand elle constate les manifestations quotidiennes de nos conversations hermétiques, la mâchoire d'Hélène se durcit bien qu'elle ne trouve rien à redire.

Le crémage sur la maison rose progresse à grands pas et quand son Jean-Loup l'honore de sa présence, Hélène l'invite à prendre un verre de vin sur la galerie ou dans la véranda.

Voilà à présent la châtelaine qui flirte avec mon oncle Tieu.

• • •

Tant qu'à me vautrer dans la putrescence de ces draps, aussi bien me plonger dans celle de ma relation avec toi, Constance.

Après ta naissance, j'ai été fichtrement surprise de te retrouver là, à tous les matins de ma vie. J'ai surtout été bouleversée par l'amour que tu as suscité chez tes oncles.

Avant de me laisser dévorer tout rond par la jalousie.

Tu m'avais détrônée, Constance, c'est du moins ainsi que je l'ai perçu alors que ni Mathieu ni Yvan ne m'avaient retiré leur affection. Ils possédaient un cœur élastique, eux. Ce dont j'étais dépourvue, il semblerait.

J'avais vécu la première moitié de ma vie incertaine de l'attrait que j'exerçais sur les gens, parce que cet attrait avait toujours été tributaire de ma générosité, de ce rougeoiement intérieur qui me consumait. La venue de Mathieu et d'Yvan dans ma vie avait permis à mon corps de se desserrer, de couper sa laisse, de dissoudre sa corrosion dans l'eau vive de leur tendresse sensuelle. J'aurais dû en être fortifiée, ne plus ressentir ce besoin dévorant d'être l'unique. Mais non. Sur le point de mourir, je suis toujours accrochée au rebord de ce grand trou dans mes entrailles, qui hurle pour qu'on le remblaye.

Tout ce gâchis à cause de ma propre mère, Madeleine, la grand-mère que tu n'as pas connue. Ma mère m'a élevée seule, ma mère qui portait son passé d'enfant mal aimée comme un trophée. Elle avait endossé son enfance difficile comme une armure d'autosatisfaction qui la rendait infaillible et incontestable, prétendant n'agir et ne parler que pour mon bien. «Tu es une petite fille heureuse, toi!» affirmait-elle, sans s'assurer que je ressentais bien la félicité que je devais ressentir pour la confirmer dans sa compétence maternelle.

Une petite fille heureuse.

C'est le grand rôle que je devais tenir devant ma mère qui évaluait la justesse de ma prestation du haut des premières loges où elle avait un abonnement.

«Tu as beaucoup reçu, tu devras donner beaucoup!» me sermonnait-elle en fronçant les sourcils, me mettant au défi d'oser lui désobéir.

Ainsi, en venant au monde, j'étais débitrice de mon enfance heureuse et je devais la rembourser aux autres.

Les quelques bienfaits que la vie m'apportait ne faisaient qu'ajouter à l'énorme dette sous laquelle je croulais. J'avais tout eu. Je ne méritais rien. Il allait de soi que je devais me faire bouffer par les autres.

C'est pour arrêter de payer que je m'étais enfuie en pleine forêt, que je m'étais enfouie dedans et que je m'étais fusionnée à ces habitants. Une vieille maison de bois gris me tenait lieu de refuge, encaissée dans le décor, semblable à une protubérance engendrée par la montagne.

J'aurais pu me réjouir de partager ces hommes chauds et tendres avec toi, ma petite fille.

Mais à mesure que tu vieillissais, assumer mes actes m'a paru de plus en plus difficile et le retour d'Étienne Dubois dans les parages a ravivé le drame et le rôle que j'y avais joué.

À cause de ma jalousie, j'ai refusé de m'attacher à toi durant ta petite enfance.

Puisque tu les avais, eux, tu ne m'aurais pas, moi.

Ce que je ne pouvais plus recevoir d'eux en exclusivité, tu ne l'obtiendrais pas à ma place.

Je suis partie avec toi, la conscience en paix, parce que j'étais convaincue qu'il valait mieux que tu gardes une image idyllique de tes oncles plutôt que d'être un jour confrontée à la réalité toute simple de ce qu'ils étaient.

La gentillesse d'Hortense, les camarades du quartier, la maison rose, ont allégé ta transition entre deux mondes très éloignés l'un de l'autre. Je refusais de te parler de tes oncles et de t'entendre m'en parler. Tu as cessé un jour de m'en rabattre les oreilles et j'ai cru bien naïvement que tu les avais oubliés.

Puis, à l'adolescence, ça a été la rupture totale. Le vent de ta détresse folle a tout balayé, démantelé ton corps et ton âme, te faisant devenir, tout entière, ce visage que tu détestais, soutirant toute ta force de sa différence, de son poison, pour mieux t'en parer, t'en faire un bouclier ou le manier comme une arme.

Maintenant, tu as cessé de lutter et tu te laisses dériver au gré de tes chimères. Je n'ose te parler d'Étienne.

Pourrait-il te sauver? Pourriez-vous vous sauver l'un, l'autre?

Mon gouffre intérieur est en voie d'être rempli par la souffrance. Et par la honte.

Il débordera sous peu.

• • •

Le ciel s'épaissit, s'abaisse, et une lumière terne, métallique, aux luisances de soufre, pèse comme un désastre sur cette fin de journée étouffante. Je dois aller travailler dans une heure, rejoindre Ginette-la-Jaune et reprendre sur elle le terrain perdu. L'orage avance inexorablement, avec des pauses et des détours. Il joue à cache-cache avec nous et s'amuse à faire croire qu'il épargnera notre patelin, que seul lui suffit le plaisir de faire entendre au loin le roulement de sa puissance. De temps à autre, un soupçon de brise tiède, à peine un soupir, fait frémir quelques fleurs graciles, créant l'illusion que les lysimaques à cou d'oie sont sur le point de se mettre en marche.

Mon oncle Tieu fume dans l'escalier de son appartement, et sa présence nonchalante me réconforte, car Hélène et Martine, avec Merveille, s'adonnent au magasinage, cette activité issue d'une pulsion irrépressible qui occupe une grande place dans les loisirs nénettiens.

Et ce n'est pas Hortense, engourdie par le gin tonic que je lui ai concocté, qui va m'être d'un grand secours.

Parce que j'ai une peur bleue des orages.

Et celui-ci, un orage de fin d'après-midi, se montre le pire d'entre tous quand il couronne un jour caniculaire aussi humide qu'un hammam.

Le grondement se rapproche. On dirait un prédateur silencieux qui avance à pas mesurés sans pouvoir s'empêcher d'échapper un grognement affamé. Là, il expire un autre lambeau de souffle et les lysimaques à cou d'oie s'animent avant de flairer le danger et de s'immobiliser dans un silence inquiétant. À l'ouest, le ciel roule des rouleaux de nuit et l'éclairagiste, en poste pour le spectacle, baisse encore d'un cran les lumières.

– Ça va? demande mon oncle Tieu.

Avec un rarissime besoin de me faire prendre en pitié, je réponds que non, ça ne va pas du tout.

– Viens t'asseoir à côté de moi et quand ça commencera à cogner dur, on rentrera chez moi.

Je n'ose lui dire que je préférerais me réfugier dans la cave de la vieille maison, ou dans le puits, plutôt qu'au deuxième étage du hangar, juste en dessous des arbres. Seul l'orgueil me retient de lui faire part de mes préférences. Avant de le rejoindre sur les marches, je fais un arrêt à ma plate-bande où les plantes protégées par le hangar demeurent debout avec arrogance, même dans les grands souffles. Je ramasse quelques tiges du chèvrefeuille grimpant pour les accrocher au treillis.

Dans mon dos, une voix joyeuse retentit:

– Hé ! P'pa !

Mon oncle Tieu jette sa cigarette, descend l'escalier et s'empresse au-devant d'une jeune adolescente, une déesse, devrais-je dire, en lui ouvrant tout grand les bras. Les longues jambes parfaites, que découvre jusqu'au ras du trou une robe grande comme un emballage de condom, s'activent en longues foulées gracieuses. Surtout, je ne vois rien d'autre que la peau de son visage, dorée comme une pêche. La beauté blonde se laisse tomber avec un sanglot d'extase dans les bras de mon oncle Tieu. Estomaquée, j'assiste à un huis clos torride d'affection entre une fille et son père, le genre de nirvana que j'aurais pu expérimenter si on m'avait permis de rester proche de ces hommes qui ont réchauffé mon enfance.

Cette plénitude, je croyais la vivre un jour avec mon oncle Tieu. Mais voilà que Barbie en personne vient de surgir entre lui et moi.

Il n'est que mon oncle «de fait» alors qu'il semble aujourd'hui être le père de celle-là.

Ils se séparent enfin. Lentement. À croire que ça leur fait mal.

– Ça te fait bien, les cheveux un peu plus longs, envoyés comme ça, derrière les oreilles! commente-t-elle avec l'assurance du propriétaire. Aie! Tu commences à grisonner!

Elle était où, cette fille, ces derniers mois? Et il l'a fabriquée quand? Et avec qui?

– Constance, je te présente ma fille, Vanessa, et Vanessa, voici Constance. Vanessa était chez sa mère à Montréal, elles viennent de déménager dans la région. T'es venue en autobus, Vanessa ? J'aurais pu aller te chercher.

Sur le visage de la blonde évanescente Vanessa, d'abord la surprise, ensuite le dégoût, puis la pitié, enfin un gros effort pour masquer la macédoine d'émotions engendrée par un premier contact avec mon visage.

Je croyais m'être fait une raison.

Mais cette fois, c'est mon oncle Tieu qui me rejette par le biais de sa fille.

Un coup de tonnerre tonitruant brise l'état de catatonie dans lequel je contemple la main tendue devant moi.

Une chanson d'Anne Sylvestre, l'idole de ma mère, prend toute la place dans ma tête :

C'est alors qu'arrive une blonde.
En deux secondes
le ciel s'obscurcit.
Il suffit qu'arrive une blonde
pour que le monde entier vous oublie.

L'orage qui se glisse au-dessus de ma tête réveille celui que j'étouffe depuis trop longtemps dans mon dedans.

Un éclair prend une photo livide de nous trois, figés comme des animaux dans un rayon de lumière, et l'orage relâche la première respiration d'un souffle enragé qu'il retient depuis trop longtemps.

Un cri de femelle effarouchée, celui de Vanessa, puis un autre claquement au-dessus de nos têtes.

L'air sent le soufre, l'haleine de la tempête est sur nous et je contourne d'un bond ceux en face de moi et m'enfuis dans la rue où je vois s'écraser sur l'asphalte les premières grosses gouttes d'une pluie que je ne sens pas.

•

Déchaînement.

Autour et dedans.

Juste la nécessité de cavaler sans jamais ralentir, et extirper de moi, pour l'épuiser, la rage de tout démolir qui embrase mes intérieurs.

Le vent hurle, arrache les feuilles, couche les fleurs, fait rouler les chaises de parterre. Ce vent jaillit de moi, s'échappe par tous les pores de ma peau, tourbillonne avec furie, ramasse, déplace, soulève, à l'aide de ses soupirs titanesques, toute cette réalité insipide, ce fast-food quotidien dont se délectent mes semblables.

Qui ne sont pas mes semblables.

Sorcière…

Crache, ricane, terrifie ces gens qui mugissent en troupeau, qui se targuent d'être originaux alors qu'ils ne font qu'émigrer dans le pré voisin pour reformer un autre troupeau qui bêlera sur le nouvel air à la mode.

La vraie différence, moi je la porte avec ostentation.

Engoncée dans ma laideur, je suis la plus libre d'entre vous.

En route vers la rivière, je chevauche des râles de vent et des trombes d'eau.

Sur mon balai de sorcière.

•

Le parc se tord sous la force de mon souffle. Ses arbres se démènent pour rester debout. Juste au-dessus de ma tête, les moutons noirs du ciel déferlent. Un cavalier de l'apocalypse galope dans leur toison. Je serai chevalier de la Toison d'or parce que le feu des dieux est sur le point de me reconnaître. Il va m'adouber avec son épée purificatrice. La rivière charrie toute la lie du monde, gonfle ses régurgitations pour mieux évacuer la dépouille sacrifiée que je m'apprête à lui offrir.

Je retournerai au limon premier.

Au bout de la terre, plus qu'un étroit chemin de planches et de câbles métalliques qui se déforme dans la grisaille d'un paysage écartelé. À chaque bourrasque, le pont oscille, roule, tangue, fait le gros dos comme un chat en colère.

Je fonce entre les deux rangées de filins d'acier.

Sous mes pieds, la houle du plancher me projette d'un côté et de l'autre. La rambarde est haute et je titube comme une ivrogne avant de me cogner durement contre les barreaux de ma cage. Je m'écroule sur le sol mouillé.

Je ne peux plus arrêter ce déchaînement de moi-même contre moi-même.

Ma joue saigne jusque dans mes entrailles qui s'alourdissent.

Une silhouette à l'entrée de la passerelle.

est-ce que c'est elle ?

si c'est elle, elle est encore plus folle qu'elle en a l'air ;

aussi folle que moi qui erre ici, par ce temps, à la recherche d'un improbable amant ;

elle gît sur la passerelle ;

qui que ce soit, cette personne a besoin d'aide ;

•

À travers le fracas de l'orage et celui dans ma tête, je crois reconnaître mon nom. En même temps, une main effleure mes cheveux et comme je ne bouge pas, on me saisit par les épaules et on me retourne sur le dos. La pluie frappe de nouveau mon visage. Un éclair crée un contre-jour et quelques secondes s'écoulent avant que je distingue le visage de l'Enténébré penché sur moi.

– T'es pas un peu malade pour te promener ici par ce temps !

Il n'a donc pas remarqué que je suis venue sur un balai de sorcière ?

Je souris pour moi toute seule.

Un sourire auquel il ne répond pas.

je vois un autre visage à travers le sien ;

un effet de la pluie entre nous, qui brouille son visage

comme si je le voyais à travers une vitre ruisselante de pluie ;

bien sûr que c'est SA fille ;

c'est son sourire que j'ai reconnu l'autre fois au bar ;

le rire et le sourire de Thomas ;

elle est grande et mince comme lui ;

pourquoi j'ai d'abord pensé que c'était la fille d'un des deux autres, ou de n'importe quel type avec qui elle avait couché par après, cette Marianne de mes fesses ?

parce que je voulais que ce soit la fille d'un autre ;

parce que si c'est la fille de Thomas...

Je jette mes bras autour de son cou et enfouis ma tête dans le creux de son épaule, nos tignasses emmêlées comme du goémon. J'agrippe une poignée de ses cheveux. La bouée qui me sauvera. Aujourd'hui, il devra me faire basculer par-dessus le garde-fou de la passerelle s'il veut se débarrasser de moi.

Il s'écarte de moi, tente de m'écarter de lui, et le peu d'espace libéré entre nous est comblé par la pluie torrentielle. Aspirée par le trou noir de ses yeux, je voyage un moment dedans avant de me rendre compte que lui aussi me contemple, une espèce de faim sur son visage osseux, beau comme une tête de mort, aux cheveux collés par la pluie, dont une mèche habite toujours mon poing fermé.

cette fille est amoureuse de moi ;

ça pourrait me faire rire si ça n'était pas si tragique ; si ça ne réveillait pas toute la haine que j'ai ensevelie sous ma rage de besogner dur; si le désert en dedans de moi n'avait pas des fois le goût de reverdir sous l'amour-pluie de cette fille ;

Comme une sauvage, je tire sur ses cheveux pour l'empêcher de fuir ma bouche qui veut goûter à la sienne. Je le sens qui se cabre et je le vois déjà, cheval noir rétif, déguerpissant au galop.

Puis il abandonne. S'abandonne.

Il détourne son visage du mien, mais me prend dans ses bras qui serrent fort.

Nos corps, comme deux éponges gorgées, échangent leurs eaux.

•

Il habite un appartement au deuxième étage d'une vieille maison en bardeaux d'amiante, aux boiseries rouges et vertes dépeinturées, avec son balcon rococo et ses lucarnes comme une porte d'entrée dans le mystère de son grenier. Tout juste derrière, le train circule et sur le côté, le passage à niveau élève ses bruits jusqu'aux fenêtres.

N'y a-t-il que le chemin de fer pour scander la chanson de sa vie ?

Plutôt une cambuse, son logement, aussi impersonnel qu'une cellule de prisonnier à part la chambre qui foisonne de livres. Je parcours les rayonnages : auteurs québécois, français, canadiens-anglais, américains, anglais, ces derniers dans la langue d'origine. Il lit donc l'anglais. Pas vraiment étonnant avec un emploi au CN. À tout hasard, j'en ouvre un. Je veux connaître son nom.

Étienne Dubois, que c'est écrit dedans.

– Tu claques des dents, va prendre une douche.

– Viens la prendre avec moi.

– Non, après toi.

Dans la minuscule salle de toilette, je retire mes vêtements trempés et m'engouffre sous l'eau brûlante. Je n'arrive pas à me réchauffer. Je finis par refermer le robinet de la douche et me sèche à toute vitesse dans la pièce saturée d'humidité où la vapeur d'eau flotte encore. M'apparaît soudain l'image de la bibliothèque devant laquelle nous sommes passés tantôt. Je réalise que je ne me suis pas présentée au travail.

Sur le plancher, mes vêtements en petit tas flétri ressemblent à une vieille peau abandonnée. Une image appropriée. Je suis en train de muer. Je sors toute nue dans la chambre à coucher, j'ouvre le lit et vais m'étendre entre les draps qui sentent lui.

Qui sentent Étienne l'Enténébré.

Dans la pièce d'à côté, je l'entends qui erre à la recherche d'une excuse pour ne pas venir me rejoindre. Il doit être gelé, lui aussi, malgré la touffeur de l'appartement. Il s'engouffre enfin dans la salle de bains et fait gicler la douche. L'instant d'une éternité. Puis l'eau s'arrête et après un court laps de temps, ses pas franchissent le seuil de la pièce.

elle est là, dans mon lit ;

comme un coquillage échoué ;

comme une naufragée rescapée au visage blessé ;

Il se couche à mes côtés :

– Tourne-toi dos à moi !

J'obéis et il m'enlace. Tant pis s'il ne peut supporter la vue de mon visage. J'y suis habituée. Je prendrai telles quelles les miettes d'attention qu'il veut bien déposer dans ma gamelle. Une fois emboîtés comme des cuillers, il rabat le drap sur nous, question d'emmagasiner la chaleur de nos os.

– Ma mère se meurt à l'hôpital.

Ça m'a échappé. J'ai besoin de le dire à un inconnu pour reconnaître enfin que ma mère me quitte, revêtue de la tête aux pieds de ce silence qui a guindé notre relation, et que je suis renvoyée à moi-même avec pour seule vérité la laideur de ce que je suis.

L'Enténébré resserre son étreinte.

Domptée par sa volonté, subjuguée par son mystère, avec son étreinte comme un étau, je m'endors au creux de sa détermination farouche.

Son souffle hachuré sur ma nuque.

elle est comme un morceau du passé ; un passé que je tiens dans mes bras ;

presque un morceau de moi-même ; je me tiens moi-même dans mes bras ;

j'ai juste à imaginer que c'est pas elle, que c'est juste un garçon que j'ai rencontré ;

elle ressemble tant à un jeune garçon ;

je réussis pas ;

j'aurais jamais dû aller glisser ce stupide cahier dans sa boîte aux lettres ; elle ne sait pas que c'est moi qui lui ai remis le cahier, mais sans ce cahier, elle ne serait peut-être jamais venue rôder autour des installations du chemin de fer ;

depuis ce temps-là, comme un gros hasard, elle me colle aux fesses ;

un méchant clin d'œil du passé ;

fallait-il qu'il y ait une suite à cette histoire ?

et que cette suite, je la tienne aujourd'hui dans mes bras ?

j'ai peur de la détester, peur de l'aimer ;

je dois l'éloigner de moi ;

elle doit s'en aller ;

•

Une main, comme une serre sur mon épaule, me secoue sans ménagement.

– Va-t-en ! Réveille-toi et va-t-en !

Il me tabasse à coups d'oreiller, sans doute pour résister à la tentation d'utiliser ses poings, puis il me saisit à bras-le-corps, me jette hors du lit et j'atterris durement sur le plancher. Je reçois en plein visage un gros tapon de tissus mouillés : mes vêtements.

– Habille-toi !

– Mais pourquoi tu…

– Habille-toi ou je te jette dehors toute nue !

Avec des gestes encore endormis, maladroits, j'enfile mes vêtements trempés qui adhèrent à mon corps : une petite culotte, une jupe de coton à mi-jambe, vert d'eau, et une camisole de couleur crème, une tenue plus féminine qu'à l'ordinaire. Pas besoin de soutien-gorge, il n'y a rien à mettre là-dedans.

Il faisait si chaud tantôt, alors que là, je suis glacée jusqu'au trognon du cœur. Le cuir de mes sandales, raidi par l'eau, écorche mes pieds.

L'Enténébré me regarde m'habiller, sans l'ombre d'un soupçon de désir, ni même un nuage de compassion dans ses yeux qui m'anéantissent.

– De toute façon, je n'aime que les gars !

Je me rue sur lui, toutes griffes sorties, en vérité des griffes inexistantes, puisque je me ronge les ongles. Il m'attrape par les poignets et me tire ainsi jusqu'à la porte qu'il réussit à ouvrir d'une main pendant qu'il me maintient de l'autre. Il me pousse ensuite hors de son désert, dans un désert encore plus grand et pour moi, tellement familier. Je déboule les premières marches avant de réussir à agripper la rampe.

Quelques mètres au-dessus de moi, la porte claque. Je tente d'ignorer la douleur de mes jambes éraflées et la brûlure de certains doigts qui se sont tordus en tentant d'attraper la rambarde de métal. Impossible d'ignorer mon cœur torturé qui bat la chamade jusque dans ma joue torturée et jusque dans mon ventre gonflé.

Je prends soudain conscience qu'un épais filet de sang coule le long de ma jambe. Ma joue saigne.

Nulle part où aller sinon à la maison rose.

Je descends l'escalier en boitillant. J'avance péniblement le long de la rue déserte où l'eau n'en finit plus de ruisseler et de s'écouler.

Chassée.

Je passe devant la bibliothèque où j'ai abandonné ma part de territoire à Ginette-la-Jaune.

Chassée.

Quelques gouttes de sang marquent mon passage, petits cailloux rouges inutiles pour un Petit Poucet trop laid qui n'aura jamais besoin de retrouver le chemin de cette maison.

Chassée.

Quelques clients flânent chez Marielle, refoulés là par l'orage. Un sundae au caramel paraît bien dérisoire pour colmater mon dedans qui s'écoule entre mes jambes.

Pour colmater la fuite de mon âme. Mon âme de sang.

Ah-Ah me harangue avec plus de véhémence qu'à l'ordinaire. Mon allure m'a fait basculer pour de bon dans le royaume des fous. Je serai la reine de cœur. La reine de sang.

Le temps d'apercevoir la maison rose, ma jupe vert d'eau est tachée de sang et mes sandales en sont imbibées. Personne à l'horizon alors que je traverse la maison, monte l'escalier et vais chercher *Les 101 dalmatiens* sous mes chaussettes. En revenant sur mes pas, je n'ai qu'à suivre la trace sanglante qui macule les planchers et l'escalier. Ma manière à moi de marquer mon territoire. À l'extérieur de la maison, le hangar m'appelle et je grimpe l'escalier à la course. Personne dans le logement aux fenêtres soigneusement fermées à cause de l'orage, mais à la porte déverrouillée. J'ôte mes sandales.

Empreintes de sang sur le plancher.

La confirmation que j'existe bel et bien. Que je n'existe que par le sang.

Un ciseau sur la table. Exactement ce dont j'ai besoin. Je m'en empare et, devant le petit miroir de la salle de bains, je coupe mes cheveux au ras du crâne. « Je n'aime que les gars ! » qu'il a dit.

Voilà, ça y est.

J'ai l'allure d'un jeune gars. Un jeune gars pas joli joli, avec ce saignement entre mes jambes qui bousille tout. Je suis gelée jusqu'à la moelle des os, jusqu'au trognon de mon cœur, jusqu'à ce ventre percé qui se vide entre mes cuisses maigrichonnes. Je me glisse dans le lit de mon oncle Tieu pour en prendre possession par le sang.

Deux lits étrangers en si peu de temps. Qu'est-ce que je cherche dedans ?

Papa ours, maman ours…

Les 101 dalmatiens sur ma poitrine.

•

C'est Vanessa qui me découvre, assoupie dans le lit de son père. Un lit qui en a profité pour se saouler la gueule avec mon sang.

Ses hurlements attirent d'abord mon oncle Tieu.

– Tu couches tout de même pas avec cette fille ! s'insurge Vanessa.

Après, c'est au tour d'Hélène de pointer son museau de fouine dans le logement avec Martine et Merveille à sa suite.

– Mais qu'est-ce que t'as fait à tes beaux cheveux ? s'exclame-t-elle avec son sens aigu des priorités.

Ainsi, il fallait que je tonde ma crinière pour qu'une fois disparue, Hélène la complimente. Après quelques secondes de flottement, elle prend enfin conscience de l'incongruité de la situation.

– Veux-tu bien me dire ce que tu fais dans le lit de Jean-Loup ?

Et s'adressant à mon oncle Tieu :

– Excuse-la, elle a quelque chose qui ne tourne pas rond dans la tête !

Merveille glisse la tête par la porte, puis se met à pleurer.

– Tu traumatises ma fille avec tout ce sang et moi, je vais m'évanouir parce que je ne supporte pas la vue du sang, se plaint Martine.

– Tu fais comment pour changer ton Tampax ?

– T'aimes ça, provoquer, hein, Constance ? grogne Hélène.

Je m'adresse à Merveille qui continue de chigner, accrochée à la jupe de Martine, faisant semblant de ne pas vouloir regarder, mais zieutant la scène entre les jambes de sa mère.

– C'est ce qui t'attend, Merveille ! Y a pas juste aux monstrueuses comme moi, à qui ça arrive !

Martine saisit Merveille par le bras et lui fait descendre l'escalier en un temps, deux mouvements.

– Tu n'es pas blessée, au moins, Constance? demande mon oncle Tieu, penché sur moi.

Les marbrures rouges et humides sur les draps ont l'air de palpiter, tant ma vie est en train de se transvider dedans. Il y a quelque chose de plaisant à siéger là, ensanglantée sur ce lit, avec une partie de la Famille réunie autour de mon trône de suppliciée.

– Coucher avec lui! Espèce de débile! je finis par répondre à l'évanescente Vanessa aux jolis traits enlaidis par le dégoût. C'est mon oncle! Je l'ai connu avant même qu'il devienne ton père!

Et je me tourne vers mon oncle Tieu, émerveillée, suppliante:

– Hein? Mon oncle Tieu?

• • •

Le jour où Étienne pénètre dans l'antichambre de ma mort, je suis en train de méditer sur mon statut de «patiente». Moi, dont on soulage tant bien que mal le vieux châssis, on a oublié de soigner mon âme. Or c'est l'âme qui est vouée à la patience. Le plus souvent, elle palpite sans faire de bruit, blottie dans sa confiance de guérir. Ou alors elle se racornit, comme dans mon cas, calcinée par sa soif de se faire happer une fois pour toutes par les orbites creuses de la grande faucheuse, cette indésirable qui, à notre époque d'éternité médicale, se fait désirer davantage.

L'ange noir allonge son ombre sur mon lit de morte en sursis.

Sa voix est douce :

– Tu te souviens, quand j'ai trouvé la clé que tu cachais dans la remise et que j'entrais chez vous pendant ton absence ? J'allais me réfugier là pour me sauver de l'école et de ma mère.

Et pour rencontrer Thomas. Mais je n'ai pas à le lui rappeler. Il doit déjà, trop souvent, s'en souvenir tout seul.

– Je t'ai dérobé plein de petites choses, mais aussi un cahier. Sur le coup, je pensais que c'était ton journal. Ça avait l'air vieux, mais tu me paraissais vieille à cette époque-là.

Le journal de ma grand-mère Zoé. Je l'ai tellement cherché. Ma mère me l'avait remis après l'avoir reçu des mains de sa propre mère juste avant son décès. Ma mère n'était âgée que de huit ans. À la demande de Zoé, la petite Madeleine l'avait caché comme un trésor, jusqu'à ce qu'elle puisse en comprendre le sens, le relire, puis l'interpréter à sa manière et y puiser toute la matière première qui servirait à expliquer sa condition d'enfant mal aimée.

– Je l'ai glissé dans la fente du courrier de la maison rose, y a quelques mois de ça.

J'espère qu'Hélène ne l'a pas subtilisé pour le faire disparaître. Hélène est fière de la lignée de notre grand-père Charles Thompson. Elle l'est beaucoup moins des origines humbles de notre grand-mère Zoé, de sa vie de petite institutrice au milieu des cheminots, de ses amourettes et de la stupidité de sa mort. Si ce n'était de ses fleurs, Hélène aurait déjà condamné le puits de façon définitive.

Ce puits qui a subjugué ma fille.

– Je le savais que t'avais eu une fille, poursuit Étienne. Mathieu me l'a dit, il y a longtemps. Juste comme ça. Comme si c'était un événement extérieur à nous.

Un long silence.

– Là, je veux que tu me dises si ta fille, c'est vraiment la fille de Thomas.

Il respire large et fort. Ses poumons soufflent un vent chaud porteur d'odeurs de vie dans cette chambre funèbre où quelques vieux et moi-même, tous décrépis, nous nous pétrifions d'oubli.

– Pourquoi tu me demandes ça ?

Je n'aime pas cette voix éraillée. Ce n'est pas la mienne. J'essaye de me redresser sur mes oreillers pour mieux décrypter l'émotion qui a ravivé des étincelles dans ses yeux si semblables à des tisons éteints.

Je suis secouée. La peur, ça aide à se sentir vivant.

– Tu l'as rencontrée ? Tu la connais ?

– Je t'ai suivie en voiture, le soir où on s'est rencontrés à la pâtisserie. Elle est sortie à ta rencontre pour t'aider à rentrer l'épicerie. Je suis passé lentement. Sous l'ampoule de la galerie, je l'ai bien vue. Elle est difficile à rater avec ses cheveux roux et… son visage.

– Elle a un nom. Elle s'appelle Constance.

– Je sais. On s'est vus elle et moi, par après. Plusieurs fois. Elle a même fini dans mon lit.

Cette fois, j'essaye de me redresser. Mais même ma panique ne peut soulever l'épave de ce corps devenu une partie distincte de moi. Je réussis à siffler d'une toute petite voix :

– T'es toujours le même petit salaud !

– Je ne lui ai rien fait. Je l'ai juste réchauffée. Je n'aime que les gars. C'est là qu'elle m'a annoncé que tu étais à l'hôpital. J'ai téléphoné à tous les hôpitaux de la région pour te trouver.

Un voile passe devant ses yeux, les mouillant de pépites d'argent.

– Si c'est la fille de Thomas…

– Si tu l'as vue d'aussi près, alors tu sais que c'est la fille de Thomas.

Il s'assoit sur le lit. L'eau dilue son regard d'ordinaire si intense. Une larme s'en échappe. Translucide. Il est étonnant que le noir de ses yeux ne colore pas ses pleurs.

Tout doucement, il s'affale sur mes jambes. Il me fait mal.

J'ignore à quoi je t'expose, Constance, mais je peux aider cet homme, en face de moi, à arriver au bout de son expiation. Une expiation qui a dû être le gros chantier de sa vie.

– Je te confie Constance, Étienne. Je sais, pour Thomas et toi. Ta mère a fini par tout me dire quand moi-même j'ai mis au monde ma fille.

Il se redresse :

– Qu'est-ce que je vais bien pouvoir lui dire sur la mort de Thomas ?

– La vérité, peut-être.

• • •

Dans la maison de la Grosse,
on se couche à l'heure des poules

et on dort sans broncher jusqu'au petit jour.
Sauf des fois où des coups, sur la porte,
secouent la maisonnée.

Le call boy vient chercher Antoine.
Son train vient d'arriver
et il doit prendre son poste d'engineer.
Y a bien le téléphone
qui fait pousser ses poteaux
sur la rue principale,
mais le quartier de la Grosse n'est pas encore raccordé.

Sinon, dans cette maison,
toutes les nuits,
tout le monde dort comme un loir.
Je peux passer par la fenêtre sans qu'on m'entende
et rejoindre François.

François m'a adressé la parole
quand je suis allée porter à manger aux bums,
un événement exceptionnel,
parce que la Grosse était malade
et qu'y avait personne d'autre pour le faire.

Depuis, François a décroché une job de trackman,
la plus dure de toutes.
Par tous les temps, il inspecte et répare la voie ferrée.
Les autres cheminots sont ses patrons,
mais tous les cheminots respectent les trackmen.

On se donne rendez-vous à la nuit noire,
devant le bar clandestin.
Les nombreuses allées et venues alentour
nous font passer inaperçus.

La première fois, il m'a entraînée
derrière l'entrepôt à charbon.
Avec des gestes doux et forts, il m'a couchée par terre
pour faire ce que le curé ne veut pas qu'on fasse.

Je vais à la confesse comme les autres femmes,
une fois par semaine, l'après-midi.
Le soir, c'est réservé aux hommes.
Mais j'ai rien dit au curé.

J'ai annoncé à la Grosse
que j'irais visiter ma famille, samedi et dimanche,
même si l'école est sur le point de se terminer.
J'ai prétexté que je les avais pas vus depuis des semaines.

Comme il faut une demi-journée
pour me rendre à mon village natal,
je dois prendre le train tôt samedi,
à deux coins de rue de chez la Grosse.
J'irai à pied.

Mais tout ça, c'est des menteries.

François et moi, nous emprunterons
le rang des Belles Amours

jusqu'à la rivière, jusqu'aux Chutes.
Il connaît un endroit dans les bois
où il va construire un abri de fortune.

Un abri pour nos amours.

PASSENGER CAR
ALL ABOARD !

SEPTEMBRE

« D'où sort ce vieux livre d'enfant? » avait demandé Hélène en m'enlevant des mains *Les 101 dalmatiens* alors que je siégeais, sanglante, sur mon lit de suppliciée. « Je l'ai trouvé dans le bas du placard, a répondu Jean-Loup, il était coincé entre le mur et une tablette. Je l'ai mis sur la table pour vous le rendre, mais il a disparu. Après, ça m'est sorti de l'esprit. »

D'après Hélène, ça avait dû tomber des boîtes qu'on avait entreposées là avant de transformer le deuxième étage du hangar en logement. Ma mère avait des boîtes à elle dans ce cagibi. « Mais qu'est-ce que t'as pensé, Constance? Qu'un de tes fameux oncles était revenu pour te sauver? » a ironisé Hélène, insistant devant tout le monde sur ma propension à forger des chimères.

Y avais-je vraiment cru? N'empêche, pendant plusieurs nuits, j'ai mouillé mon oreiller en disant adieu à mon oncle Tieu.

Jean-Loup avait la mine de quelqu'un qui se sent coupable de ne pas être celui qu'on voudrait qu'il soit. Après le premier choc passé, j'ai reconnu que si Jean-Loup n'était pas mon oncle Tieu, ils avaient en commun un flegme tranquille et une tendresse silencieuse. Une sorte de compensation tombée du ciel.

L'Enténébré est venu frapper à notre porte quelques jours seulement après qu'il m'ait chassée de sa vie. Toute mon énergie était alors mobilisée pour laisser partir mon oncle Tieu, pour l'extirper de ma vie présente et lui faire réintégrer mes souvenirs. En abandonnant l'espoir d'avoir retrouvé quelqu'un pour m'aimer, je devais recontacter la certitude d'avoir été chérie par mes oncles durant ma petite enfance. Cet amour, personne ne pouvait me l'enlever.

« Il y a longtemps que je t'aime, jamais je ne t'oublierai… »

J'ai bien tenté de refermer la porte au nez de l'Enténébré. « Attends ! a-t-il murmuré en bloquant la porte avec son pied, j'ai quelque chose d'important à te dire ! » Comme je tentais de le repousser et de refermer la porte, il a lancé : « On a le même père ! »

« Quoi ? T'es débile ! » ai-je répliqué. Puis je l'ai bourré de coups de poing dans le ventre en hurlant à toute la maisonnée : « J'en ai assez d'être une folle ! »

Qui avait comploté pour me consoler de perdre un oncle en me faisant gagner un frère et un père ?

Mais l'Enténébré ne plaisantait pas. Ses yeux brillants de noirceur étaient limpides. Il a refusé de m'en dire plus. Il allait me parler sur les lieux de mon enfance. Et de la sienne.

•

Dans la voiture d'Étienne, nous roulons en silence, à reculons vers le passé.

Les jalons de ce pèlerinage ? Un rang isolé dans la forêt et une maison qui fut la mienne quand j'étais toute petite. Et une autre maison, celle de mon oncle Tieu, Mathieu Fournier de son vrai nom, qui a quitté la région depuis belle lurette ainsi que mon oncle Vent, Yvan Leahy.

– T'as quel âge ? demande Étienne.

– J'ai vingt ans, mais je ne suis pas une adulte !

Je me raccroche à mon sous-développement. Je me raccroche à l'illusion que je ne suis ni femme, ni homme, ni adulte, ni responsable, ni conforme. Découvrir mon passé me fait peur. C'est lever le voile sur le mystère qui excuse mon incompétence à vivre.

– Tes cheveux étaient beaux, ils vont repousser, ajoute-t-il sans aucun à-propos, mais avec le besoin, sans doute, de me consoler.

– Ouais, ils vont repousser.

Un rang désert, bordé par la forêt, un éclaircissement meublé par des champs cultivés, un chemin à droite où Étienne engage la voiture. Un long chemin, au bout duquel des bosquets d'arbres enveloppent une maison, une grange et un hangar sur le point de tomber. En arrière-garde, une forêt sur le qui-vive.

Ce sont surtout les odeurs s'engouffrant par la fenêtre ouverte, des odeurs encore plus envahissantes après que je sois descendue de voiture, qui brassent mes souvenirs. Senteurs des foins hauts, des pins, des cèdres devant la maison, des fleurs sauvages dans la fardoche, et là-bas, émanant des bois noirs, celles des résineux, de l'humus, des écorces pourrissantes et des fougères à la belle dentelle verte.

La grange me rend mal à l'aise. Dans le vide de sa grosse carcasse, elle abrite un secret embarrassant, un mystère dérangeant.

Et tout d'un coup, comme une grosse gifle qui me prendrait par surprise, je fais un bond en arrière. Un souvenir remonte et je reste là, toute saisie, à contempler la grange.

•

Sous les néons clignotants des éclairs, figée sur le pont du fenil tel un animal ébloui, je regarde à l'intérieur de la grange dont la grande porte est ouverte. «Joue dans la maison, Constance, il va y avoir un orage et j'ai du rangement à faire dans la grange», a dit ma mère un peu plus tôt. Pourtant, il n'y a pas grand-chose dans la grange pour satisfaire un besoin d'ordre impérieux, même si on doit déménager bientôt. En bas, l'étable se trouve abandonnée avec ses stalles désertées, son vieux wagon à fumier encore accroché à ses rails au plafond et son trou au milieu qui lui servait de puits, recouvert d'un carré de contreplaqué. Au-dessus, l'immense grenier à foin ne contient que quelques objets rangés dans des cartons grignotés par les souris, un canapé défoncé, une table de ping-pong que l'on déplie à l'extérieur quand le vent perd son souffle et des hirondelles des granges qui se sont habituées à nous.

Au fil des zébrures de lumière qui raturent la pénombre, j'aperçois ma mère allongée sur le canapé, la blouse ouverte, sa jupe relevée, les jambes écartées, les yeux fermés.

Par-dessus elle, mon oncle Tieu va et vient lentement, la tête enfouie au creux de son cou, sa main robuste posée sur le téton tout nu de ma mère. De temps en temps, un gémissement sourd parvient de ma mère jusqu'à moi, mais je comprends qu'elle ne souffre pas. Dans un autre coin de la grange, mon oncle Vent est en train de peinturer une vieille chaise tout en sifflotant.

Parce que la distance entre la grange et la maison me semble une éternité à parcourir sous la pluie battante, je dévale le pont du fenil. Je veux aller me réfugier dans l'étable en dessous et me cacher de ceux qui m'ont exclue de leur plaisir. Les odeurs des bêtes qui n'y vivent plus ont imprégné ses murs et j'imagine très fort dans ma tête que je peux encore sentir leur bonne chaleur. Pourtant, c'est le vieux puits qui m'attire. En tirant de toutes mes forces, je réussis à déplacer le carré de contreplaqué pour libérer un petit espace juste assez large pour me faufiler. Il n'y a plus d'eau dans le puits. Ce n'est qu'un trou, pas très profond. Juste assez pour qu'une fois tombée dedans, je ne puisse plus remonter. Le tonnerre fait trembler le sol et la vibration se répercute jusque dans ma cachette. Les yeux fermés, les doigts dans les oreilles, j'attends que la terre m'engloutisse.

•

– Ça va? demande Étienne à mes côtés.

Je le sens encore plus troublé que moi.

Plus rien de significatif ne subsiste ici. Ce n'est plus qu'une résidence secondaire habitée quelques semaines par année. Il n'y a personne et nous ne pouvons pas entrer. J'en suis soulagée. La maison me paraît plus petite, différente. C'est le risque de revenir sur les lieux de son enfance pour les découvrir changés, rapetissés, amoindris, dépouillés des sortilèges dont le souvenir les a parés. Cette maison était celle de ma mère vivante et celle habitée par l'amour de mes oncles. Aujourd'hui, seule l'empreinte ternie de ce qu'ils ont été flotte dans cette forêt. Je croyais que l'amour y serait resté et en venant ici, j'espérais m'en revêtir pour me protéger avec.

Je monte quand même sur la galerie pareille à une tribune d'où je peux saluer les montagnes, les champs, la forêt et les pins blancs qui s'élancent vers le ciel en produisant ce bruit d'océan quand le vent passe entre leurs bras.

Je refuse de revoir la maison de mon oncle Tieu. J'en préfère le souvenir, si ténu soit-il, mais rempli d'une puissance magique.

Je rappelle à Étienne qu'il doit m'amener sur la tombe de notre père.

•

J'aime le cimetière.

C'est un lieu d'enfants sages.

Ils se tiennent en rangs bien droits, silencieux sous la grand-voile du ciel. Leurs oreilles de pierre sont remplies par le sifflement du vent. Ils n'attendent plus rien, ces réfugiés en provenance de leur vie passée. Ils sont tapis dans l'infini de la patience, rendus à l'éternité du monde. Des voisins pas dérangeants.

«Thomas Logan 1939-1984»

Sur le monument tout simple, une épitaphe à la seule mission informative. Je suis née en 1985. Ça se tient.

– Comment il est mort, Thomas ? J'en ai ras le pompon de cette histoire d'accident d'auto !

– On peut s'asseoir ici, suggère Étienne en désignant la surface herbue qui recouvre la tombe de notre père.

À mes côtés, la respiration d'Étienne s'accélère, la houle de son souffle se creuse et engendre des vagues se mêlant à celles du vent qui rebondit contre les pierres tombales autour de nous.

•

Parce que le père légitime d'Étienne les a abandonnés, sa mère et lui, depuis de nombreuses années, Étienne déserte l'école et traînasse toute la journée dans le sillage de Thomas, de Mathieu, d'Yvan, de son oncle Francis et de quelques autres gars qui se regroupent pour travailler dans le bois et pour boire.

Ils le bousculent sans cesse et il s'en contente. C'est une forme d'attention comme une autre. C'est même mieux que pas d'attention du tout. Thomas le prend sous son aile, ce qui enrage le frère de sa mère, Francis, un homme sans enfants, qui considère Étienne un peu comme son fils et ce faisant, abuse de son autorité de «mon oncle».

Sans savoir ce qui lui arrive, Étienne tombe amoureux de Thomas. Et Thomas lui retourne son amour, allant même jusqu'à lui exprimer son affection en posant des gestes de tendresse sur son corps de jeune garçon. Ils se rencontrent dans la maison de ma mère lorsqu'elle quitte la région trois jours par semaine pour aller travailler à la ville.

Apparemment, Thomas aime goûter à toutes les chairs disponibles.

Le soir fatidique, c'est l'oncle Francis qui annonce à Étienne que Thomas a besoin d'aide à la sucrerie. Encore aujourd'hui, Étienne ne sait toujours pas si Francis était au courant de ce qui se passait à la cabane quand il l'a envoyé là-bas perdre ses illusions.

Pour s'y rendre, Francis lui offre même sa motoneige et Étienne pousse la machine à fond, grisé par la toute-puissance qu'il sent grandir dans ses cheveux. Il est déjà bouleversé par ce que sa mère vient de lui apprendre et ne sait pas qu'il se dirige tout droit en enfer.

C'est un soir de mars où le printemps pointe son nez avant le temps. Un vent chaud, rugissant, couvre tous les bruits, y compris ceux de son arrivée à la cabane. Là, par la fenêtre de la porte, il les voit: Thomas, Mathieu, Yvan et Marianne.

Marianne, ma mère.

Les quatre ensemble. À se tripoter, à se caresser, à s'interpénétrer.

Ma mère au milieu d'eux trois.

Ma mère au centre de tout.

Il se fout qu'Yvan ou Mathieu se la tape. Il le sait. Il a surpris ma mère avec Yvan. Et il n'est pas étonné que Mathieu, ce conspirateur, ce faux frère, soit aussi de la partie. Mais il ne peut pas supporter les gestes de Thomas sur ma mère. Étienne se désagrège sous l'effet de la jalousie et de la pluie qui tombe soudain, presque torrentielle.

Il se cache sous l'appentis. Il attend. Glacé. Il les surveille. Un moment, ils sortent tous pour se soulager, ma mère au milieu d'eux comme une chienne. Enfin, ils se couchent, s'endorment profondément, gavés de vin, de grand air et de sexe, ma mère entre mes deux oncles sur le vieux lit, et Thomas tout seul sur un long divan au fond de la pièce.

Étienne entre sur la pointe des pieds. Dans la faible lueur du feu, une carabine semi-automatique luit à portée de sa main. Il la prend, s'avance à pas de loup vers Thomas sans trop savoir ce qu'il compte en faire. Il braque quand même l'arme sur sa tête.

Il a treize ans.

Et le coup part.

L'engourdissement de ses mains gelées. Ou la volonté de ses doigts.

Ma mèrepsy dirait que la volonté consciente et le désir inconscient ont mélangé leurs contenus comme des vases communicants.

Au moment de se rendre à la cabane à sucre, Étienne avait déjà la cervelle à l'envers. Avant d'épouser son soi-disant père, sa mère avait couché avec plusieurs copains de jeunesse. Ce soir-là, elle venait tout juste de lui annoncer que son vrai père, c'était Thomas…

Il a été amoureux de son père.

Ensuite, il l'a tué.

Il a tué mon père.

•

Chaque jour, je vais passer un peu de temps dans le puits, suspendue dans une toile comme dans un hamac de marin, presque pliée en deux, enroulée dedans comme dans un cocon.

Je me consacre à mon mûrissement.

À ma métamorphose.

Pour peu qu'il pleuve, j'aurai les fesses mouillées.

Je me rêve feuille morte, flottant sur les eaux noires, portée par les entrailles de la terre qui ne cesse de déborder de ses larmes et de celles des créatures pitoyables qui parasitent sa surface. Je n'ose remuer de crainte que l'eau ne se brouille et que le mystère dessous ne s'épaississe.

La gueule béante du puits m'offre le ciel à portée de main.

Je n'ai plus qu'un seul œil, mais il a accès au firmament.

Mes cheveux alourdis par l'eau m'entraînent vers le ventre de la terre.

Mes yeux mouchetés d'étoiles m'étirent jusqu'à l'univers.

Écartelée, je me fais échelle.

•

Comme je manie adroitement l'aiguille,
la Grosse a voulu me garder ici pour l'été.
« Tu seras plus utile ici avec tes doigts de fée
que par chez vous aux champs.
T'es ben trop fluette ! »
Même qu'elle a écrit à mes parents pour leur expliquer

qu'y avait plein de pauvres gens à vêtir
et d'ornements d'église à fabriquer (soupir !).

Tout l'été, on a dû assister à des grand'messes
et prier pour demander la paix et éviter la guerre.
François et moi, on a continué à se voir à la sauvette,
derrière l'entrepôt de charbon, ou dans l'ancienne gare.

Une seule fois,
quand la Grosse est partie pour la journée
visiter sa sœur à Québec,
on a pu suivre le rang des Belles Amours
jusqu'aux Chutes.

Mais leur truc de grand'messes,
ça n'a pas fonctionné.
Au début du mois d'août,
le pays est entré en guerre,
et François aussi.

Il en avait assez d'être trackman.
Il est parti en me faisant la promesse
de revenir en héros et de m'épouser.
Mais je ne l'ai pas cru.

Nous, les femmes, on a continué à coudre
et la Grosse a organisé des collectes.
On amasse des vêtements et des couvertures
pour les familles des soldats canadiens.

Parlant de grosse,
je vais l'être bientôt, moi aussi.

Je me suis mise dans de sales draps.

Mais l'autre jour, le curé
m'a fait venir au presbytère.
J'avais perdu mon porte-monnaie
à une de ses foutues grand'messes
où je ne faisais que rêver
à des cochonneries avec François.

C'est le foreman anglais qui l'a retrouvé,
celui qui me dévisageait à chaque fois qu'on se croisait.
Il était là avec monsieur le curé
pour me remettre mon porte-monnaie.

Maintenant, lui et moi, on va se marier.
Il parle un peu français
et je baragouine un peu d'anglais.
Il va se convertir en catholique
par amour pour moi.
Personnellement, je m'en fiche,
mais il a pas le choix de le faire pour m'épouser.

Je n'enseignerai plus.

Il fait construire une jolie maison en bois rose,
avec un bow-window et un balcon par-dessus.
Mais l'eau de l'aqueduc n'est pas très bonne.

Elle provient de la rivière
qui reçoit les égouts du chemin de fer
et les copeaux de bois des moulins de John Breakey.

On aura donc un beau puits en pierres.

Au fait, le foreman, il s'appelle Charles Thompson.

•

Hélène a daigné faire taire le grondement de l'aspirateur.

– Hortense veut te voir, elle est dans sa chambre. Ça fait plusieurs fois qu'elle te voit t'enfourner dans le puits. Elle est toute chamboulée !

Hélène ne raterait pas une occasion de me faire une remontrance, dut-elle gaspiller quelques minutes des précieuses heures qu'elle consacre au ménage. Sa fièvre détersive a augmenté depuis qu'on a diminué mes heures de travail à la bibliothèque à la suite des quelques récréations impromptues que je me suis octroyées sans aviser ma supérieure.

Dans sa chasse à la saleté, il est de plus en plus évident qu'Hélène sublime son désir et son incapacité de se débarrasser de la plus grosse souillure qui déprécie la maison, c'est-à-dire moi-même. Et je comprends maintenant pourquoi.

Sorcière.

Je ne suis pas retournée voir ma mère qui fait mine de dormir à chaque fois que je me pointe le nez. Elle qui m'a tenue à l'écart de mes origines, qui a voulu garder ses hommes pour elle toute seule, elle m'en fait l'offrande maintenant.

C'est plutôt sa mort qui m'offre ce cadeau.

La tête haute, je tourne le dos à Hélène. Ne suis-je pas la fille de trois hommes ? Je les porte en moi.

Fille-gars.

•

Toute rapetissée dans son fauteuil orthopédique, ma tante exhibe un visage couleur de papier mâché, avec dans ses yeux le bleu d'une peur.

– Ça va, ma tante ?

– (Chuchotements)

– Ça va, ma tante ?

– Le puits. Je n'aime pas te voir entrer dedans ! (Chuchoté) C'est dangereux, le puits ! Madeleine m'a raconté, pour maman ! Un accident, que c'était ! Un accident, a dit ma grande sœur Madeleine !

En lisant le journal de Zoé, j'ai compris que mon arrière-grand-mère était tout autant fascinée que moi par le puits.

– Ta mère aussi, elle rôdait aussi autour du puits, hein ?

– Oui !

Hortense regarde le mur et son calendrier de l'Avent.

– (Chuchoté) Je veux pas que Constance aille dans le puits ! Maman est tombée dedans ! Elle est morte dedans ! On l'a trouvée dans le puits avec Madeleine à côté du puits ! Madeleine crie ! Madeleine pleure à côté du puits ! Moi, j'ai trois ans ! Madeleine a huit ans ! Je suis la préférée de papa ! C'est pas la faute de Madeleine si maman est tombée dans le puits ! Papa n'est pas gentil avec Madeleine !

Hortense se tait soudain.

Mes questions me restent en travers de la gorge.

Ainsi mon arrière-grand-mère, Zoé, est morte dans le puits.

Personne ne m'a rien dit.

Alors que c'est peut-être elle qui m'appelle des profondeurs de l'eau noire.

Un remous soulève mon âme, me donne la nausée et sans réfléchir, je laisse tomber :

– T'as pas pensé qu'elle a pu volontairement se tirer dans le puits, Zoé ?

– Hein ?

Hortense comprend et lance un grand cri :

– Noon !!!

Puis elle rentre le menton :

– (Chuchoté) Je veux pas que Constance aille dans le puits ! Papa dispute toujours Madeleine ! Moi, je suis la préférée de papa ! Pas la faute de Madeleine si maman est tombée dans le puits ! Papa est pas gentil avec Madeleine ! Je suis la préférée de papa ! C'est pas la faute de Madeleine si maman est tombée dans le puits ! Je l'aime, moi, Madeleine ! J'aime pas voir Constance près du puits !

Hortense relève brusquement la tête :

– Je ne veux plus que tu t'approches du puits !

•

J'ai retrouvé ce journal,
dans une grosse malle au grenier.
Je l'avais mis de côté comme j'ai mis de côté le passé.
Depuis neuf ans, j'ai rien griffonné dedans.
Là, je vais juste rajouter quelques pensées,
avant de me jeter dans l'oubli pour l'éternité.

J'ai mis au monde deux petites filles
et la première, Madeleine,
est arrivée six mois après notre mariage.
Fallait voir comment Charles en a été offensé.
J'ai toujours cru que le curé avait eu vent
de mon dévergondage
et que Charles savait que j'étais grosse
quand il m'a épousée.

Il n'a jamais considéré Madeleine comme sa fille.
Il a juste toléré sa présence.
Ce qui fait que Madeleine est toujours pendue à mes jupes.
C'est encore pire
depuis que Charles est fou d'Hortense,
notre deuxième fille, un beau bébé rose.

Le village prospère au rythme des trains et de la boucane.

Parce que je me suis mariée grosse,
avec un boss anglais, en plus,
les dames françaises ne me parlent plus.
Je suis mal vue chez les Français
et pas la bienvenue chez les Anglais.

Y a que mes parents qui sont assez niaiseux
pour être soulagés que mon honneur ait été sauvé,
et que j'aie épousé un boss anglais avec de l'argent.

Je n'ai eu aucune nouvelle de François.
Peut-être qu'il est mort en héros,
peut-être qu'il vit quelque part
sans aucune nostalgie de nos amours.
Madeleine possède mes cheveux roux,
mais elle ressemble à François.
Elle a hérité de ses yeux comme un puits creusé
dans le charbon.

Un rêve me poursuit depuis que j'habite ici.
La nuit, un grondement me réveille,
la terre bouge et je me précipite à la fenêtre.
De très loin, de dessous la terre,
j'entends siffler la locomotive
et je vois le puits
qui crache un panache de fumée noire.
Toute la maison rose tremble
quand le train passe dessous.

C'est vrai que j'aime rôder autour du puits
et me pencher dessus.
Je sonde son mystère,
fascinée par ce qu'il y a au-delà de l'eau sombre
quand le passage d'un train fait frémir sa surface.

Le puits,
c'est comme l'œil noir de la terre.
Comme l'encrier des eaux qui se souviennent.

Avant de sauter dans l'éternité,
je vais donner ce journal à ma petite Madeleine.

Le puits,
c'est comme l'œil noir de la terre.
Comme l'encrier des eaux qui se souviennent.

ENGINE

OCTOBRE

Ma mère est morte.

Autour de moi, baissant les yeux de peur que la grande faucheuse ne les remarque, les bonnes gens disent qu'elle est décédée, qu'elle n'est plus, qu'elle nous a quittés, qu'elle s'en est allée. Les faux poètes suggèrent qu'elle s'est endormie pour toujours, qu'elle rêve un songe interminable, qu'elle a acheté un aller simple pour un long voyage, ou que son sablier a écoulé tout son château de sable. Les fatalistes affirment que le bon Dieu, ou sa mère, ou son père, ou Zoé la coquine, ou même Hortense, sont venus la chercher.

Car Hortense a tiré sa révérence juste avant que ma mère ne le fasse. À croire qu'elles se sont donné le mot. Mais à la différence de ma mère, ma grand-tante Hortense a quitté ce monde de façon spectaculaire. Une mort dans la foulée de celle de Zoé.

J'avais laissé ouvert le couvercle du puits, le temps d'aller faire une course au coin de la rue. Hélène s'éternisait sous la douche et si les voisins ont émergé de leur maison en entendant ma grand-tante crier, ils n'ont rien pu faire pour la sauver. Selon les badauds, Hortense est sortie seule de la maison en hurlant : « Constance ! Mon sapin de Noël ! Où est mon sapin de Noël ? Constaance !!! » Il semble que personne n'ait couru derrière elle pour la ramener à la raison et à la maison. Elle a erré dans le jardin avant de me chercher jusque dans le puits. Pliée en deux sur la margelle, elle s'est égosillée avec mon nom, puis elle a fini par y tomber, dans le puits. Le père Lajoie passait par là. Ayant récemment subi une opération à la hanche, il déambulait dans la ruelle le long de notre jardin, appuyé sur sa canne, un pas en avant toutes les cinq secondes. Un maigre parcours que doit lui envier tout de même son chien Bingo, ligoté à vie au poteau de sa galerie. Le père Lajoie ne s'est pas gêné pour me raconter sa version des faits : « J'ai vu votre parente qu'était toute courbée dans le puits, on lui voyait même plus la tête ! Et en plus, elle appelait sa mère ! »

Devant mon air intéressé, il a poursuivi : « Peut-être qu'elle a crié votre nom quand elle se promenait sur le terrain, mais je vous jure qu'une fois la tête dans le puits, elle a appelé sa mère ! Avec ma jambe de bois, j'ai rien pu faire pour l'arrêter. »

Le père Lajoie a-t-il voulu ajouter un détail de son cru à un événement qui a fini par faire le tour des perrons ? Il est un peu dur d'oreille et les cris d'Hortense devaient rebondir de façon lugubre sur les pierres du puits tout en parvenant assourdis au monde extérieur. Comment aurait-il pu distinguer ce que ma grand-tante criait ? Se pourrait-il que la fin tragique de mon arrière-grand-mère se soit transmise de génération en génération dans les familles du quartier ?

Selon les quelques personnes qui ont fini par accourir jusqu'au puits, Hortense ne se serait même pas agrippée à mon hamac improvisé ni à la corde avec laquelle je descends le rejoindre. Elle ne se serait même pas emmêlée dedans.

On dirait qu'elle s'est laissée couler à pic.

Mais l'anecdote de l'année ne s'arrête pas là pour le père Lajoie:

«Ensuite, y a votre tante qui est sortie en robe de chambre, les cheveux tout mouillés, pis elle a couru vers le puits en criant qu'elle savait bien que ça finirait par arriver un jour, vu la tendance de sa mère à boire un p'tit coup de trop!»

Il fallait bien trouver une excuse à une façon de mourir tellement anachronique qu'on se demande comment elle a pu se produire. «C'est ta faute!» a craché Hélène, l'écume aux lèvres et le cheveu pendouillant. Elle a raison. C'est pourquoi, penchée au-dessus du puits, j'ai laissé mes larmes nourrir le flot de ses eaux noires. Je me sens responsable de ce qui est arrivé à Hortense et je regrette que Jean-Loup n'ait pas été là, musardant dans son logis ou brettant sur la maison rose. Peut-être aurait-il pu empêcher cela.

Mais en réponse à l'accusation d'Hélène, j'ai répondu: «C'est parce que je suis une sorcière.»

•

Nous marchons vers le lieu du dernier repos de ma mère. Cette forêt qui fut un temps la sienne et aussi la mienne quand j'étais toute petite. Notre groupe progresse lentement, tâtant du pied le relief camouflé par les feuilles mortes. Je ne peux m'empêcher de songer qu'un jour, elles engloutiront nos destinées fragiles.

À mes côtés, mon frère Étienne.

Que de morts pour mettre bas ce frère.

Ce frère qui a tué ce père.

Après les décès successifs de ma grand-tante et de ma mère, mon frère m'a ouvert son intimité à défaut de m'ouvrir son cœur: «Tu peux venir vivre avec moi, si tu veux, on pourrait trouver un logement plus grand, plus confortable. Maintenant, tu es… ma sœur.»

Comme le renard du Petit Prince, l'Enténébré a besoin d'être apprivoisé. Je le nomme toujours ainsi dans mon cœur, parce que mon frère ne se montre guère d'une compagnie joyeuse même si le voile noir qui l'a paralysé toute sa vie commence à se lever lentement. «Ce serait forcer les choses», que je lui ai répondu. J'ai plutôt proposé qu'on instaure une routine, de petits rituels entre nous: «Je veux que tu prennes l'habitude de m'avoir dans ta vie. Qu'est-ce que tu dirais si j'allais souper chez toi une fois par semaine et que je prenais un abonnement à ta bibliothèque?» Il a souri, acquiescé et tenu parole. Je savoure la nourriture qu'il me prépare. Au menu: balbutiements de complicité fraternelle en cocotte. Et puis, je rigole de sa cambuse parkinsonienne qui frissonne à chaque passage des trains.

Nous émergeons de dessous les arbres pour mettre pied dans une petite clairière envahie par les fardoches et par quelques arbrisseaux. Un terrain encore plus malaisé à parcourir que le sous-bois. Étienne nous entraîne – quelques pas à gauche – vers un endroit dégagé où la végétation a été éclaircie.

– C'est ici! annonce-t-il avec un brin de solennité qui sied bien à son visage racé.

– Tu es vraiment sûr que les propriétaires actuels ont donné leur consentement ? demande Hélène pour la troisième fois depuis que nous avons quitté les voitures.

Appuyée sur Jean-Loup qui la soutient galamment, Hélène n'a cessé de rechigner à la perspective de ces funérailles barbares. Malgré qu'elle ait revêtu une tenue qui, selon ses critères, se veut adaptée à la campagne : pantalon de tweed, chandail en cachemire et veste de suède, il est évident que cette balade en forêt a abîmé ses chaussures en cuir fin. S'il fallait par-dessus le marché que notre excursion constitue un acte illégal ! J'admire Jean-Loup qui fait montre à son égard d'une tendre patience dont l'apprentissage me serait salutaire.

Vanessa regarde autour d'elle avec le même effarement que celui qu'elle éprouverait si elle se trouvait sur la planète Mars. À l'opposé, revêtue d'un blouson en laine polaire et chaussée de souliers lacés, Sophie respire l'automne à pleins poumons et semble faire l'expérience d'une autre dimension inconnue d'elle jusqu'à aujourd'hui. Et puis, nous sommes libérés de la présence de Martine : « Si vous pensez que je vais assister à ÇA et traumatiser ma fille en me faisant complice de quelque chose d'aussi primitif ! » Pour la première fois, j'ai vu la peur dans les yeux de Martine. Aux funérailles d'Hortense, Martine bénéficiait d'un atout pour la détourner de ses angoisses existentielles : un tailleur neuf à étrenner. Elle a réussi à tamponner ses yeux sans gâcher son maquillage et à demeurer droite et très digne dans son rôle de petite-fille éplorée. La main dans celle de sa mère, bichonnée et soumise comme un petit animal de compagnie, Merveille triturait de sa main libre ses collants rétrécis par le lavage. À la surprise générale, c'est Merveille qui a piqué une crise devant le refus de sa mère de nous accompagner dans les bois. Il est vrai que pour suivre Vanessa, sa nouvelle baby-sitter qu'elle adule, Merveille prend désormais de nouveaux risques, y compris celui d'affronter sa mère. Mais Martine a quand même eu le dernier mot.

La clairière nous protège du vent et le soleil baigne nos visages. À l'orée du bois, quelques troncs d'arbres renversés appellent les promeneurs à s'asseoir malgré les moignons de branches qui hérissent leur épiderme. Tous y déposent leurs fesses avec précaution à l'exception de mon frère et de moi. Mon frère qui me parle bas.

– Yvan, ton oncle Vent, comme tu l'appelles, plantait sa tente ici à chaque hiver pour tendre ses pièges. Une grosse tente blanche avec un poêle rougeoyant. C'était confortable. On venait le voir, moi, Mathieu et… Thomas.

Ni lui ni moi ne sommes capables de faire allusion à Thomas en parlant de lui comme de notre père. Ceux qui prétendent que la véritable paternité et maternité sont tributaires de la biologie peuvent aller se rhabiller. Mon frère ne s'est pas encore libéré du lien d'attirance qui l'a précipité vers Thomas. De mon côté, ce père que je n'ai pas connu représente encore une figure creuse. Et le propre élan que j'ai ressenti pour l'Enténébré avant que je sache qu'il était mon frère, gêne l'émergence d'une relation purement fraternelle entre nous. Autant de plomb dans l'aile du mythe qui prétend que les liens du sang sont plus forts que tout.

Étienne s'éloigne de quelques pas, tourne en rond, puis nous invite à le rejoindre. Un trou apparaît, pas très large, pas très profond : l'œuvre de mon frère, venu quelques jours auparavant pour préparer le terrain. C'est le cas de le dire.

– D'après mon souvenir, c'est le lieu précis où Yvan montait sa tente.

Autour du trou, comme une garde rapprochée, les bottines de Jean-Loup, les escarpins à talons plats d'Hélène, les chaussures à semelle compensée de Vanessa, les souliers décontractés de Sophie, les espadrilles d'Étienne et mes bottillons chéris.

La forêt a entrelacé ses membres dressés pour créer ce toit de cathédrale au-dessus de nos têtes.

Je m'agenouille pour libérer ma mère de l'urne. Il n'y aura aucun obstacle au long parcours qu'elle fera sous la terre.

J'aime penser qu'elle voyagera par la terre, ses restes se mêlant à l'humus, à la boue, qu'elle retrouvera forme dans la glaise, rejoindra l'eau, puis remontera par l'orifice d'un puits, suivra le tunnel ou grimpera l'échelle jusqu'aux étoiles.

En fait, pour moi, ma mère, en tant que mère, n'est pas morte.

Parce que ma mère, en tant que mère, n'est jamais née.

•

Sophie fait couler pour elle un bain parfumé. Tremper dans une baignoire ne me sourit guère. Ça me donne l'impression de macérer, de moisir, d'autant que j'en émerge toute fripée alors que je souhaite être lavée, fouettée, provoquée, avec une intensité à la hauteur de celle qui menace sans cesse de faire éclater mon corps.

Nous avons eu froid et en ce qui me concerne, c'est le froid de l'absence. L'absence de la mère que je n'ai jamais eue et que je n'aurai plus. Mes ablutions étant plus brèves que celles de Sophie, j'ai occupé la salle de bains avant elle, laissant l'eau brûlante de la douche purifier ma peine et réchauffer mon squelette.

Réconfort momentané.

Je sais que je demeurerai habitée par cet amour flottant, inemployé, sorte de courant d'air froid qui me laissera frileuse pour le restant de mes jours.

Je referme la porte de ma chambre derrière moi.

J'ai emménagé avec Sophie de l'autre côté de l'eau. Hortense a légué la maison à Hélène, mais a divisé son petit pécule entre Sophie, Martine et moi. « Considère-toi chanceuse, a grondé Hélène, tu n'es que sa petite-nièce et elle t'a traitée comme sa petite-fille ! » Encore une fois, j'ai répondu : « C'est parce que je suis une sorcière. »

Sophie et moi avons décidé de retourner aux études, reprenant en main le fil de nos existences après que la sienne ait été volée par sa mère et la mienne sclérosée par le secret. J'étudierai en littérature et Sophie en psychologie. Ainsi, mes prochaines années continueront de s'écouler aux côtés d'une psychologue. Est-ce que je les attire ? Est-ce un karma ? Je devrais peut-être m'en inquiéter.

Je vais jeter un coup d'œil au babillard au-dessus de ma table de travail. Ce babillard se veut un hommage à l'amitié fidèle d'Audrey-Rose. Dans le cadre de ses études, mon amie séjourne présentement à Londres et depuis qu'elle s'y est installée, elle me fait parvenir de façon régulière de nombreuses cartes postales et a même rédigé une longue lettre à l'occasion du décès de ma mère. J'ai été touchée qu'elle se donne la peine de m'écrire avec un stylo et du papier. Chaque jour, l'âme attendrie, je contemple sa correspondance qui enlumine le babillard.

Depuis que je vis de l'autre côté de l'eau, le sifflet des trains me manque. Leurs cris lancinants ont ponctué ma vie comme autant de repères rassurants qui divisaient mon quotidien en petites portions plus faciles à appréhender. Chaque fois que je rends visite à la maison rose, j'essaye de planifier un rendez-vous secret avec le passage d'un train, sinon je tends l'oreille et me réjouis de les entendre gémir quelques coins de rue plus loin. Parfois, en fin de soirée, après avoir annoncé que je rentre chez moi, je m'arrête à la gare pour accueillir le grand train océanique et participer à l'Heure des Chiens.

Car en dépit de ses prises de bec, notre Famille, tout imparfaite de ses tensions, de ses dissensions et de ses angoisses, continue de se rassembler à la maison rose.

J'ôte mon peignoir et me contemple dans la psyché offerte par Hortense. Elle m'a suivie dans ma nouvelle vie.

Mon corps ne me semble plus un débris fragile.

Fille-gars.

Mon portrait ne me paraît plus aussi sale qu'avant.

Aux gens pareillement, il me semble. Peut-être que dans un jour pas très lointain, je n'aurai plus besoin de me distinguer autrement que par mon sale portrait.

Je pourrai alors me raccrocher au fil techno de mon époque.

Je suis encore toute pleine du silence de ma mère. Un silence qui a duré jusqu'à la toute fin.

Ce silence est en soi un message.

Une validation de la non relation entre elle et moi.

Mais elle m'a fait le cadeau de trois pères. Et même si deux d'entre eux sont peut-être toujours vivants, je préfère les considérer comme morts. Parce que chacun d'eux était fort de la puissance du trio.

Et le trio est mort.

Par l'entremêlement de leur semence, par la vigueur de leur passion, par la richesse de leur sang, je suis bien la fille de trois hommes.

C'est la brûlure de leur ardeur qui est gravée dans la chair de mon visage.

• • •

J'ai rêvé qu'ils sont venus pour m'amener mourir dans la forêt.

Thomas, Yvan et Mathieu.

Ils sont entrés dans ma chambre, m'ont arrachée à mon lit et m'ont transportée par les sentiers du vent.

Dans un dernier abandon de moi-même entre leurs mains, je les ai laissés me déposer dans la pénombre odorante des bois silencieux.

Je me suis enfoncée dans le sol, les yeux fixés sur les trouées entre les arbres d'où coulaient quelques morceaux de ciel.

Avant de rejoindre la lumière, j'effectuerai un long périple dans le sous-sol de la terre.

Peut-être aurai-je la chance de transiter par le vieux puits de la maison rose pour apercevoir, une dernière fois, le visage de ma fille penché vers moi.

• • •

Son contrat de travail renouvelé, Jean-Loup a gardé son pied-à-terre au deuxième étage du hangar. Il semble tirer une grande satisfaction des services quotidiens qu'il rend à Hélène et entreprend avec enthousiasme toute corvée nécessaire à l'entretien de la maison rose aux ornements blancs devenue semblable à un gros gâteau de noce.

À la longue, je crois qu'il produit un effet salutaire sur Hélène qui se montre plus détendue. La présence d'un homme qui ne peut lui offrir ni argent, ni standing, ni état civil, ni même rehausser son image d'elle-même, agit comme un laxatif sur sa constipation mentale.

Grâce au doux talent de persuasion de Jean-Loup, Hélène a accepté que nous installions une plaque commémorative sur le puits. Mon frère Étienne nous a donné un coup de main pour la poser et Sophie en a dessiné le motif:

Dedans ce puits, sont mortes
Zoé Ferland Thompson
et Hortense Thompson Demers.

Dedans ce puits,
est née pour la seconde fois,
Constance Delaunière.

Table

Cet ouvrage,
composé en Times New Roman 12,5,
a été achevé d'imprimer à Cap-Saint-Ignace,
sur les presses de Marquis Imprimeur,
en mars deux mille onze.